Die rote Perücke
Prosa expressionistischer Dichterinnen

Herausgegeben von Hartmut Vollmer

LITERATUR

Die rote Perücke
Prosa expressionistischer Dichterinnen

Herausgegeben von Hartmut Vollmer

LITERATUR

Vollmer, Hartmut (Hg.):
Die rote Perücke. Prosa expressionistischer Dichterinnen.

1. Auflage 1996 | 2. aktualisierte Auflage 2010
ISBN: 978-3-86815-519-8
© IGEL Verlag *Literatur & Wissenschaft*, Hamburg, 2010
Umschlagbild: Egon Schiele: *Bildnis einer Dame mit orange-farbenem Hut* (1910)
Alle Rechte vorbehalten.
www.igelverlag.com

Igel Verlag Literatur & Wissenschaft ist ein Imprint der Diplomica Verlag GmbH
Hermannstal 119 k, 22119 Hamburg
Printed in Germany

Die Deutsche Bibliothek verzeichnet diesen Titel in der Deutschen Nationalbibliografie.
Bibliografische Daten sind unter http://dnb.d-nb.de verfügbar.

Inhalt

VORWORT

Die vorliegende Anthologie widmet sich gleich zwei bislang nicht ausreichend beachteten Phänomenen des vielfach erforschten literarischen Expressionismus: den *Dichterinnen* der von wortmächtigen Männern beherrschten Bewegung und der *Prosa*, die stets im Schatten der Lyrik und Dramatik gestanden hat, jener Gattungen, die den expressionistischen Aufbruchs- und Ausbruchswillen offensichtlich am mustergültigsten zur Gestaltung gebracht haben.

Mit der von mir 1993 herausgegebenen Lyrikanthologie expressionistischer Dichterinnen, *„In roten Schuhen tanzt die Sonne sich zu Tod"*[1], ist erstmals die erstaunliche Breite und Vielfalt des Spektrums dichtender Frauen in der kunstrevolutionären Bewegung sichtbar geworden. Die vorliegende Prosaanthologie versteht sich als eine notwendige Ergänzung zur Lyriksammlung bei der Intention, ein umfassendes Bild des lange Zeit unbeachtet gebliebenen ,weiblichen Expressionismus' vorzustellen. Diese Nichtbeachtung dokumentiert sich in der expressionistischen Prosa noch eklatanter als dies bei der Lyrik zu beobachten gewesen ist, wo zumindest Dichterinnen wie Else Lasker-Schüler, Claire Goll, Emmy Hennings, Paula Ludwig und Henriette Hardenberg Eingang in einige Anthologien gefunden haben. Von den drei bekanntesten expressionistischen Prosasammlungen, Karl Ottens *Ahnung und Aufbruch* (1957), mit 51 Autoren, und *Ego und Eros* (1963), mit 28 Autoren, sowie Fritz Martinis *Prosa des Expressionismus* (1970), die 21 Autoren umfasst, führt lediglich die erstgenannte Anthologie zwei Dichterinnen auf (Else Lasker-Schüler und Claire Goll). Neuere Textsammlungen wie *Zwischen Trauer und Ekstase. Expressionistische Liebesgeschichten*, herausgegeben von Thomas Rietzschel (1985), und *Schrei in die Welt. Expres-*

sionismus in Dresden, herausgegeben von Peter Ludewig (1988), haben immerhin jeweils *eine* Dichterin aufgenommen (Claire Goll und Bess Brenck-Kalischer).[2]

Gewiss lässt sich hier auch ein Zusammenhang entdecken mit der generellen, noch immer recht lückenhaften Erforschung der Prosaliteratur des Expressionismus. So groß die Klagen über die Problematik einer präzisen Definition und Zuordnung expressionistischer Prosa, über das „Stiefkind der Expressionismusforschung"[3], sind, so dürftig ist die Anzahl bisheriger Anthologien von Erzähltexten der Bewegung, die gerade in der Zusammenstellung verschiedener Autoren und Autorinnen kongruente und divergente Stilformen und Themen, damit die Vielfalt des expressionistischen Erzählens zeigen könnten.

Die von der Forschung als ein wesentliches formales Charakteristikum expressionistischer Erzählprosa genannte Tendenz zur Reduktion, zur Ellipse, zur raschen, hastigen, sprachintensivierten Diktion, die große und breite epische Werke weitgehend behindert oder verhindert hat, scheint in der ‚kleinen Prosa‘ (in der Novelle, Erzählung, Skizze, im Kurzroman, in der Groteske, Glosse, Anekdote, Parabel, im Märchen – Genres also, die einer Anthologie überaus entgegenkommen) die paradigmatische und adäquate Erzählform gefunden zu haben. – „Weil wir das Essentielle lieben, sind wir knapp im Ausdruck und in der Form", betonte Kurt Pinthus 1913: „Wir gebrauchen diese knappen Formen, nicht aus Faulheit, nicht aus Unfähigkeit, Größeres zu schreiben, sondern weil sie uns Erfordernis sind. Weder wir noch andere haben Zeit zu verlieren. Wenn wir zu viel und zu lang schreiben oder lesen, rinnt draußen zu viel von dem süßen, wehen Leben vorbei, das wir fressen müssen, um weiter leben zu können."[4]

Durch die erfahrenen Umbruchs- und Auflösungserscheinungen der Wirklichkeit geriet der Roman als ein breiter, umfassender Spiegel des Lebens in eine vieldiskutierte Krise, eine Entwicklung, die sich schon zu Beginn des Jahrhunderts, besonders in Hofmannsthals sprachskeptischem *Chandos-Brief* (1902), später in den Romantheorien Carl Einsteins (*Über den Roman*, 1912) und Alfred Döblins (*An Romanautoren und ihre Kritiker*, 1913), manifestierte. Döblins Intention einer naturalistisch-objektivierenden Erzähltechnik und -perspektive, eines „Kinostils", und Einsteins Postulat einer kunstautonomen „Willkür" und „Bewegung" treffen trotz sehr unterschiedlicher Ausrichtung in der Ablehnung der Psychologie, im Verzicht auf erklärende Kausalität, schließlich in der Forderung nach syntaktischer Reduktion, sprachlicher Konzentration und Dynamik zusammen. Dass beide konstitutive Theorien freilich nicht das ganze Spektrum expressionistischer Prosa auf klassifizierende Formeln zu bringen vermögen, ist von der Forschung deutlich gemacht worden. So hat Wilhelm Krull bei der polaren, auf den Konzepten Döblins und Einsteins gründenden Prosatypologie – die von Walter H. Sokel vertreten worden ist[5] – darauf verwiesen, dass sie „die Vielfalt der Ansätze in der expressionistischen Prosa" verenge und die Möglichkeit verstelle, „die literarische Praxis expressionistischer Schriftsteller als Resultat der Bearbeitung verschiedener Stoffe unter den Bedingungen einer besonderen historischen Denkform zu begreifen".[6] Krull schlägt stattdessen vor, die expressionistische Prosa in „vier Haupttendenzen" zu kategorisieren: in die sprach-, normen- und wissenschaftskritische Prosa, in die vitalistische und utopische Prosa, in die aktivistische und gesellschaftskritische und in die dadaistische Prosa. Wiederum signifikant ist es hier, dass bei der Explikation dieser Kategorisierung und der Zuweisung expressionistischer Autoren und Werke Dichterinnen vollkommen unberücksichtigt bleiben. Diese ‚Abwesenheit' erscheint um so unverständlicher und beklagenswerter, inventarisiert man die keineswegs raren weiblichen Prosatexte des Expressionismus.

Die vorliegende Sammlung zeigt die expressionistischen Dichterinnen auf der Höhe ihrer Zeit. Zugleich bereichern die Autorinnen die Erzählprosa der revolutionären Kunstbewegung mit ganz spezifischen, individuellen Tönen, die weitere Auskunft geben über den ‚weiblichen Expressionismus‘. Viele der hier vorgestellten 30 Dichterinnen sind auch in der Lyrikanthologie *„In roten Schuhen tanzt die Sonne sich zu Tod"* vertreten, einige neue Autorinnen sind hinzugekommen, z.T. heute völlig verschollene, von deren Biographien lediglich bibliographische Daten geblieben sind.

Die Prosatexte der Expressionistinnen breiten Themen und Motive der Lyrik objektivierend aus[7] und wenden sich verstärkt den konkreten Verwirrungen und Missständen der Realität zu. Entfremdung, Wahnsinn, Liebe, die Suche nach einer (weiblichen) Existenz und Identität, soziale Not und Konflikte, Ausbruchs- und Aufbruchssehnsüchte, Träume sind erzählkonstitutive Themen. In expressionismustypischer Kürze und Prägnanz – die Erzählformen der hier gebotenen Sammlung reichen von der Skizze über die kleine Novelle bis zum Kurzromanauszug – künden die Texte immer wieder von dem erwachten Selbstbewusstsein der Frau, von der gefundenen Sprachkraft, die eigene Existenz zu fixieren und zu gestalten. Programmatisch wird die Anthologie von der titelgebenden Erzählung *Die rote Perücke* eröffnet, einem Text, den die Dichterin Marie Holzer im Januar 1914 in Franz Pfemferts Zeitschrift *Die Aktion* publizierte. Die rote Perücke stellt sich als Metapher des weiblichen Aufbegehrens dar, sie wird zur „Vision" des Ausbruchs aus einer grauen, seelenlosen Alltäglichkeit, zum Symbol der ersehnten und erreichten Selbstfindung: „Aller Augen sehen auf mich, hüllen mich ein in Glut und Licht. Und ein ander Leben erwacht in meinem Blut, mein Denken, mein Fühlen wird heißer unter der Feuersbrunst der roten Haare, meine Augen leuchteten anders, meine Blicke würden wärmer, meine Worte trunken von seltsamer Fremdheit. [...] Rote Sehnsucht rinnt in meinen Adern, Verlangen klopft in den Gliedern, und um mich her, eine mir fremde, kalte Grausamkeit lauert im Herzen, und die Seele horcht, die Seele wächst und wächst ...“ Die kleine Studentin, durch die Glasscheibe des Coiffeursalons von der über alles begehrten Perücke getrennt und durch die Imagination mit ihr bereits ‚gekrönt‘, erlebt in ihrer ‚roten Vision‘ eine Befreiung aus den Fesseln der leblosen und fremden, grausamen und erniedrigenden Realität: „Stolz wie eine Siegesfahne trüg ich die rote Perücke durch den Saal – durch das Leben dann, und es lacht und lockt, verspricht und schenkt, betört und beseligt ...“ Wundersam verwandelt die befreite-befreiende Phantasie das triste Leben: „Gedanken einer Mänade steigen empor aus dem roten Haar, Wünsche einer Circe, das Erinnern an tausend Erlebnisse, das Locken einer bleichen Nixe mit dem grünschimmernden Wunderleib. Sirenenlachen. Glutvolle Leidenschaft. Die Sehnsucht, die Jahrtausende geklopft in Milliarden Frauenherzen, stünde auf. Lebendig. Riesengroß. Lachend. Märchenhaft tief.“ Für ihren siegesgewissen Traum opfert die junge Frau schließlich auch die Bekanntschaft mit einem Herrn, der ihr die rote Perücke nicht zu kaufen vermag; „sie sieht über ihn hinweg, bis er fortschleicht. Ihre Augen umwerben wieder die rote Perücke, und sie weiß, sie wird sie tragen.“

Neben derart selbstsicheren Artikulationen weiblichen Freiheitswillens sind die Erzählungen der expressionistischen Autorinnen geprägt von schonungslosen Reflexionen der entwurzelten und lebenserdrückenden Existenz, von der Spannung zwischen lähmender Verzweiflung und hinausstürmender Hoffnung, von der rastlosen, oftmals scheiternden und in Tod oder Wahnsinn endenden Suche nach Liebe und Geborgenheit. Die Schilderungen des rigiden Alltags einer Kellnerin (Emmy Hennings), einer Telephonistin (Elisabeth Janstein), einer Schneiderin, die am Verlust ihres im Krieg gefallenen Mannes zerbricht (Claire Goll), stehen exemplarisch für die Lebensleere und den bitteren Existenzkampf junger Frauen in der Zeit des Expressionismus. Hermynia Zur Mühlen, die sich aktiv an der sozialrevolutionären Bewegung beteiligte, zeichnet ein warnendes Bild des Lebenselends der jungen unterdrückten Arbeiterin: „Überharte Arbeit preßt dir die Kräfte aus, schwächt deinen Leib, lähmt dein Gehirn. [...] Zwischen zwei Seufzern der Müdigkeit – einem des Morgens, wenn du aufstehst, einem des Abends, wenn du dich ins Bett schleppst, vergeht dein Leben. Du bist jung, und weißt es kaum. Hast du denn Zeit, froh zu sein? Hast ja nicht einmal Zeit, über dein elendes Leben zu trauern." (*Die Mangel*) Die mahnenden Schlussworte: „Es ist spät, es ist spät!" entbehren freilich nicht der Hoffnung, dem Unrecht widerstehen zu können: „Du bist nicht die einzige, es gibt eurer Unzählige in allen Städten und Dörfern. Hieltet ihr zusammen, wäret ihr eins, die Walze, die euch unterdrückt, müßte stehenbleiben."

Der Ruf nach einer – von der Frauenbewegung ausgehenden – Frauensolidarität wurde von den sozial und politisch engagierten Dichterinnen des Expressionismus aufgenommen und literarisch weitergegeben. Unter dem programmatischen Titel *Die Frauen erwachen* veröffentlichte Claire Goll 1918 einen Novellenband, der „Allen Schwestern" gewidmet war.[8] Schon ein Jahr zuvor beschwor sie in einem aufrüttelnden Aufsatz die *Stunde der Frauen* und rief im Anblick des kriegerischen Niedergangs der alten, patriarchalischen Welt dazu auf, dass die Frauen in dieser Umbruchzeit die Verpflichtung begreifen müssten, endlich aktiv zu werden, für die Befreiung von dem „untermenschlichen Zustand" der Frau zu streiten und an der erlösenden Menschheitsliebe entscheidend mitzuwirken.[9] Goll wandte sich dabei gegen den Glauben, dass die weibliche Befreiung „von außen kommen könnte"; vielmehr müsse sie „eine innere Revolution zur Voraussetzung haben": „denn man muß auch zur Freiheit reif sein".[10] „Wir müssen uns unsrer Kraft bewußt werden. Der Mann kennt uns noch nicht. Er sieht die Frau, wie er sie seit Jahrhunderten festgestellt hat und behandelt sie so."[11]

Publiziert wurden diese ‚männliche Unkenntnis' und die „teuflische Meinung von der geistigen Inferiorität des weiblichen Geschlechts"[12] etwa in Schriften von Hans Blüher. „Die Frauen sind ungeistig", verkündete Blüher apodiktisch in seinem 1915 veröffentlichten Aufsatz *Was ist Antifeminismus?*[13] Und er führte dazu in seiner ein Jahr später erschienenen Abhandlung *Der bürgerliche und der geistige Antifeminismus* aus, „daß die Frau von dem Geist – der vom Manne kommt – *nur das Niveau,* [...] nicht aber die Schöpferkraft" erhalte.[14] Der Antifeminismus stelle deshalb die Forderung auf, dass die Frau *„unter keinen Umständen herrschen darf"*: „Die Frau ist Familien-Wesen und *nur* das."[15]

Unübersehbar waren in nicht wenigen Köpfen männlicher Intellektueller die frauendiskriminierenden Gedanken Otto Weiningers (*Geschlecht und Charakter,* 1903) virulent. Die geistige, selbstbewusste Frau wurde für viele zu einem gefürchteten und verspotteten Feind- oder Irr-Bild, im Verständnis, dass es dem ‚wahren Wesen' der Frau entspreche, *„hörig* sein zu wollen": „die Frau *gehört* dem Manne".[16]

Grete Meisel-Heß, die bereits 1904 in ihrer Schrift *Weiberhaß und Weiberverachtung* eine entschiedene Gegenposition zu Weiningers Thesen bezog, wies 1911 in der *Aktion* darauf hin, dass namentlich jene „Gruppe der Moderne, die wir als ‚Aestheten‘ kennen", „mit dem aktiven Weibestyp von selbständiger Persönlichkeit" „nichts anzufangen" wisse; die Frauenbewegung scheine dem Ästheten „nur dazu da, aus den Frauen Vogelscheuchen zu machen".[17] – Derartige Schreckbilder beherrschten nicht nur die ‚Schöngeister‘, sondern weite gesellschaftliche Kreise.

Die „denkenden und dichtenden Frauen"[18] nahmen mutig und von Idealismus beseelt den Kampf um Geist (der Erkenntnis, Selbst-Bewusstsein, Identitätsfindung bedeutete) auf. „Kein Kampf" sei „größer und bedeutungsvoller als der Kampf der Frau um Geist", betonte Nadja Strasser 1919; dieser Kampf sei „ihre Pflicht".[19] – Mit der Zuversicht, dass „reine, kluge Frauen erscheinen" werden, schloss Henriette Hardenberg im November 1915 ihre für die Gleichberechtigung der Geschlechter eintretende Betrachtung *Nachdem ich Blühers Arbeit über den Antifeminismus gelesen habe*.[20] Sie erkannte wie viele ihrer dichtenden Streitgefährtinnen, dass sich die geforderte geistige Revolution der Frau, als Vorbedingung sozialer und politischer Veränderung, in ein Bündnis setzen ließ mit den kunstrevolutionären Postulaten, Theorien und Zielen des Expressionismus. „Wir werden herrlich aus Wunsch nach Freiheit", die Anfangszeile von Henriette Hardenbergs erstem veröffentlichten Gedicht – es erschien im April 1913 in Franz Pfemferts *Aktion* –, wies wie ein Fanal den Weg geistrevolutionärer Gemeinschaft.

Die alten Widerstände der männlich-bürgerlichen Gesellschaft waren indes gewaltig. Viele Biographien expressionistischer Dichterinnen dokumentieren eindringlich, wie steinern und dornenreich die Wege der Befreiung verliefen. Von drückenden gesellschaftlichen Konflikten lesen wir, von Fluchten aus Elternhäusern, von familiären, ehelichen Brüchen, von den Nöten und Krisen des Alleinlebens – und immer wieder von

Verboten, die sowohl auf bürgerlich-berufliche als auch auf künstlerische Ambitionen der jungen Frauen bezogen waren.

Die moderne, junge Literatur vor und nach Ausbruch des Ersten Weltkriegs, die eingebunden war in eine aufrührerische, von Tradition und Konvention gelöste Bewegung, öffnete sich für diese Frauen als ein Forum, Leid und Sehnsucht lüglos-konsequent zu artikulieren, sei es als kontemplative Reflexion oder als mutigen, verzweifelten Schrei. So stimmen die Texte der expressionistischen Autorinnen in einen *Gegenrhythmus* ein (Catherina Godwin: „Eine Allegorie meines Wesens – gehe ich so gegen den gegebenen Takt, allein eine leere Seitenstraße entlang"); sie sind Zeugnisse einer gesteigerten Sensibilität, einer geschärften Wahrnehmung, die den (höchst) erregten – kranken – Nerv der Zeit genau erfasst: in einer Sprache, deren reiche Metaphorik, wuchtige Reduktion und Konzentration, mit oft assoziativer Technik, traditionelle Ausdrucksformen überschreiten. In extremer Zeichnung figuriert erscheint der überwache, verstörende Bewusstseinszustand, der das Ich ins Abseits des Gewöhnlichen drängt, in der Gestalt der Wahnsinnigen: „Welche sensible Frau kann das Leben, so wie es heute ist, ertragen, ohne seelisch krank zu werden", heißt es bei Bess Brenck-Kalischer (*Die Knäbin*). Verbunden ist die geistig-seelische Verstörung in El Hors Erzählung *Die Närrin* mit dem Wissen um die geheimnisvollen Zusammenhänge des Lebens, im Gefühl, „daß man heimliche Wurzeln hat, die sich in die Erde klammern, wie die der stummen Sträucher"; „den Pulsschlag der Erde spürt man und die Buhlschaft der Blumen": „Horch auf die Sprache der Erde! Die Erde schreit! Riechst du ihren Schrei? Siehst du ihn aus tausend Farben brennen?" – Erfahrungen dieser Art lassen sich in Beziehung setzen zu Träumen, Visionen, Phantasien, die in anderen Texten expressionistischer Dichterinnen erzählt werden.

Die Ermordung ihres (lebensgefährlichen) Geliebten hat die Ich-Protagonistin El Hors zur ‚Närrin' verurteilt, deren Schicksal nun beim Henker zu enden droht. Aus einer derart radikalen Tat spricht zweifelsfrei auch eine (zeittypische) tiefe Verstörung zwischen den Geschlechtern, hervorgerufen durch eine veränderte Rolle der Frau, ebenso durch eine zunehmende psychologische/psychoanalytische Durchleuchtung des ‚Liebesmysteriums'. Die Frauen gewinnen in den konfliktreichen Liebesbeziehungen, von denen die Expressionistinnen erzählen, Aktivität, sie werden zu *Täterinnen*, die für die Ich-Bewahrung schmerzliche Brüche auf sich nehmen und die auch als Opfer nicht die Erkenntnis ihres Selbst verlieren.

Der Verlust des geliebten Mannes – auch das zeigen die Texte der expressionistischen Autorinnen – ist jedoch verknüpft mit einem Verlust der Sicherheit und Geborgenheit. Während die Titelfigur in Claire Golls Novelle *Die Schneiderin* am Kriegstod ihres Mannes letztlich zugrunde geht, findet Grete Meisel-Heß' Protagonistin nach dem Verlust ihres Gatten und ihres Vermögens, wodurch sie an den Rand des Selbstmords getrieben wird, am Schluss zur „Lösung" ihres verloren scheinenden, chaotischen Lebens: „Und sie sah das Leben, sie sah die wahre, große Gefahr, der sie entronnen war: die lag nicht im Verluste des Materiellen. Aber sie lag in der Zerknickung des Willens, des Willens zum Kampf, zur Aktivität! Und sie begriff: Wenn *der* wieder in uns aufersteht und seine Locken schüttelt, dann sind wir gerettet, dann finden wir Mittel und Wege uns zu erhalten und durchzusetzen."

Um ihr Ich zu retten, entscheidet sich in Nadja Strassers authentischer Erzählung eine junge Mutter gegen ihre Ehe, erträgt dafür gar die Ächtung der Gesellschaft, von der sie „halb mitleidig, halb achselzuckend" als „Unglücksfall" betrachtet wird: „Aber die Menschen irren sich. Ein Unglücksfall war ich früher, als ich neben einem mir fremden Menschen ein mir fremdes Leben führen mußte. In den drei Jahren meines Alleinseins bin ich nie mehr unglücklich gewesen. Ich hatte Kampf und Sorgen, ich war oft traurig und betrübt, ich war noch öfter maßlos empört; aber ich blieb stets in den Grenzen meines eignen Ich, ich ging innerlich meine eignen, von mir gewollten Wege." Nadja Strasser verschweigt dabei allerdings nicht, welch gefährdeter Idealismus und welche Illusion hinter dieser mutigen Entscheidung stehen. Denn das „Alleinsein der alleinstehenden Frau" sei in der alten Gesellschaft „wie das Alleinsein des Verbrechers, dem die Welt, die ihn ausstieß, ihre Schatten in die Einsamkeit nachschickt, ihn auch dort unaufhörlich verfolgt, stört und selbst seine Träume verdunkelt". Trotz des desillusionierenden Blicks der Autorin formuliert der kühne Widerstand der alleinstehenden Mutter, ihr Entwurf einer ‚Gegenexistenz' als ein reales Schicksal, die Ermutigung, den ‚eigenen Weg' zu gehen. Der erzählte authentische Fall veranschaulicht eindringlich, dass sich die Frau zur Ich-Rettung aus der Resignation, aus der bequemen traditionellen Passivität befreien muss. Er macht überdies deutlich, dass das mutige Einzelschicksal nicht singulär, nicht ‚ungewöhnlich' bleiben darf, sondern dass es sich mit vielen anderen zur machtgewinnenden Solidarität verbünden und zum selbstverständlichen gesellschaftlichen Recht konstituieren muss. Die neue Rolle der Frau ließ sich also nicht allein in einer ‚Frauenfrage' definieren; sie forderte gleichzeitig eine Veränderung der Gesellschaft – ein Prozess, der bis heute noch nicht abgeschlossen ist.

Hedwig Dohms 1911 in der *Aktion* publiziertes Postulat, das männliche Geschlecht müsse „die Gleichwertigkeit der Frau" endlich „*erfahren*"[21], wurde von den Dichterinnen des Expressionismus künstlerisch eingelöst. Wenngleich sie innerhalb der expressionistischen Bewegung quantitativ in der Minderheit blieben und viele Namen, viele (oft in Zeitschriften verstreute oder in wenigen Büchern veröffentlichte) Werke übersehen wurden und in Vergessenheit gerieten, ist ihre Existenz keineswegs eine Randerscheinung. Zwar waren die alten Vorurteile auch unter den so ‚fortschrittlich denkenden‘ jungen Literaten nicht beseitigt, die Publikationspraxis der dichtenden Frauen – hier ist insbesondere auf die Zeitschriftenmitarbeit hinzuweisen – dokumentiert aber, dass sich die Autorinnen zweifellos in die kunstrevolutionäre Bewegung zu integrieren und mit ihr zu verbünden vermochten.

So macht die vorliegende Anthologie nicht nur auf wenig bekannte oder zu Unrecht vergessene expressionistische Autorinnen und Werke wieder aufmerksam, sie beweist zugleich, dass eine künftige Betrachtung des Expressionismus an den Dichterinnen dieser Bewegung nicht mehr vorbeisehen kann.

Hartmut Vollmer

Anmerkungen

1   Arche Verlag, Zürich.

2   An dieser Stelle können ebenso die von Dieter Sudhoff und Michael M. Schardt herausgegebenen *Prager deutsche Erzählungen* (Stuttgart 1992) genannt werden, die im Wesentlichen expressionistische Texte umfassen, unter ihnen – auch für die Literaturmetropole Prag wiederum unterrepräsentiert – Werke von zwei Autorinnen: Elisabeth Janstein und Grete Meisel-Heß.

3   Gerhard P. Knapp: Die Literatur des deutschen Expressionismus. Einführung – Bestandsaufnahme – Kritik. München 1979, S. 91.

4   Kurt Pinthus: *Glosse, Aphorismus, Anekdote*. In: *März*, Jg. 7, H. 19, 10.5. 1913, S. 213f.

5   Vgl. Walter H. Sokel: *Die Prosa des Expressionismus*. In: *Expressionismus als Literatur*. Hg. v. Wolfgang Rothe. Bern, München 1969, S. 153-170.

6   Wilhelm Krull: *Prosa des Expressionismus*. Stuttgart 1984, S. 3.

7   Thomas Rietzschel hat generell auf ein lyrisierendes Erzählen im Expressionismus hingewiesen (Thomas Rietzschel: *„Prosa wird wieder Dichtung“. Die lyrische Tendenz expressionistischen Erzählens*. In: *Weimarer Beiträge*, Jg. 25, 1979, H. 12, S. 75-99).

8   Erschienen unter dem Namen Claire Studer (Frauenfeld 1918).

9   Vgl. Claire Studer [-Goll]: *Die Stunde der Frauen*. In: *Zeit-Echo*, Jg. 3, Juli 1917, S. 9f.

10   Ebd., S. 9.

11   Ebd., S. 10.

12   Hedwig Dohm: *Zur sexuellen Moral der Frau*. In: *Die Aktion*, Jg. l, Nr. 12, 8.5.1911, Sp. 360.

13   In: *Der Aufbruch*, Jg. l, H. 2/3, August/September 1915, S. 39-44.

14   Hans Blüher: *Der bürgerliche und der geistige Antifeminismus*. Berlin-Tempelhof 1916, S.7.

15   Ebd., S. 8.

16   Ebd., S. 14.

17   Grete Meisel-Heß: *Der Aesthet und die Frauenfrage*. In: *Die Aktion*, Jg. l, Nr. 25, 7.8.1911, Sp. 779-781 (781).

18   Vgl. Doris Wittner: Die Frau als Dichterin und Denkerin. In: *Vossische Zeitung*, 1.10.1911, Morgen-Ausgabe, Beil. *Aus der Frauenwelt*.

19   Nadja Strasser: *Das Ergebnis. Lyrische Essays*. Berlin 1919, S. 31.

20   In: Henriette Hardenberg: *Südliches Herz. Nachgelassene Dichtungen*. Hg. v. Hartmut Vollmer. Zürich 1994, S. 142-144.

21   Wie Anm. 12, Sp. 361.

Vorbemerkung zur zweiten Auflage

Vierzehn Jahre nach dem Erscheinen der Erstausgabe der Anthologie *Die rote Perücke* (1996) liegen inzwischen neuere Untersuchungen zum Literarischen Expressionismus – und so auch zur expressionistischen Prosa – vor. Bei diesen neuen Studien hat der Aspekt des ‚weiblichen Expressionismus‘ durchaus Beachtung gefunden[1] und ist im Kontext der Gender-Forschung behandelt worden.[2] Auch weitere Textveröffentlichungen expressionistischer Dichterinnen zeugen von einem geweckten Interesse an den lange Zeit vergessenen und ignorierten Autorinnen. Diese neuen literarischen Publikationen sowie neue (bzw. zu korrigierende) Informationen zu den Biographien der Dichterinnen haben für die zweite Auflage der *Roten Perücke* eine Aktualisierung des bio-bibliographischen Anhangs erfordert.

Trotz der genannten positiven Entwicklung ist jedoch zu konstatieren, dass die Erforschung des ‚weiblichen Expressionismus‘ noch immer am Anfang steht und umfassend und intensiv fortgesetzt werden muss. Die nun veröffentlichte zweite Auflage der Anthologie *Die rote Perücke* mag dazu einen erneuten Anstoß geben.

H.V.   *Paderborn-Dahl, im August 2010*

20

Anmerkungen

1   Etwa in dem von Walter Fähnders herausgegebenen Band *Expressionistische Prosa*. Bielefeld 2001, oder bei Thomas Anz: *Literatur des Expressionismus*. Stuttgart, Weimar 2002; Neil H. Donahue (Hg.): *A Companion to the Literature of German Expressionism*. Rochester, NY 2005; Frank Krause: *Klangbewußter Expressionismus. Moderne Techniken des rituellen Ausdrucks*. Berlin 2006; ders.: *Literarischer Expressionismus*. Paderborn 2008. – Der Auffassung, dass der Begriff des ‚weiblichen Expressionismus‘ ungeeignet, ja sogar „kontraproduktiv“ sei bei dem Versuch, spezifische Stilformen der expressionistischen Autorinnen herauszustellen (vgl. Christine Kanz: *Geschlecht und Psyche in der Zeit des Expressionismus*. In: Fähnders (Hg.): *Expressionistische Prosa*, S. 115-146, hier S. 119), sei hier deutlich widersprochen. Denn keineswegs dient der Begriff der Förderung einer „Fortsetzung der Ausgrenzung aus dem traditionellen Kanon“, indem die expressionistischen Dichterinnen „lediglich als Abweichlerinnen literarhistorischer, fast ausschließlich von Männern definierter Normen markiert“ werden (ebd.). Explizit hatte ich bereits im Vorwort zu meiner Anthologie *„In roten Schuhen tanzt die Sonne sich zu Tod“. Lyrik expressionistischer Dichterinnen* (Zürich 1993) darauf hingewiesen, dass es „gewiss verfehlt wäre“, „unter diesem Begriff eine *Bewegung* innerhalb der Bewegung zu verstehen“: „er definiert vielmehr die Aufgabe, Charakteristika der weiblichen Dichtungen zu nennen, die in der Bewegung des Expressionismus *integriert* sind“ (S. 22). Von einer ‚*Ausgrenzung*‘ kann also nicht die Rede sein!

2   Zuletzt in dem von Frank Krause edierten Band *Expressionism and Gender / Expressionismus und Geschlecht*. Göttingen 2010.

Marie Holzer

Die rote Perücke

Sie schaut in das elegante, hellerleuchtete Glasfenster, hinter dem Frisuren stehen in allen Formen und Farben. Auf leuchtenden Wachsbüsten mit rotgeschminkten Wangen und tief umränderten blauen, seelenlosen Augen.

Die rote Perücke möcht' ich haben! Plötzlich lebt der Wunsch auf in der kleinen Studentin, heiß und sengend, wie ein Schmerz, wie ein heilig Gebot. Die rote Perücke mit den tiefen, breiten Wellen, den kleinen, schmiegsamen Ringelchen um die Schläfe und der großen duftigen Lokke, die sich wie nach einer zärtlichen Bewegung zufällig losgelöst und einem hinter dem Ohr in den Nacken fällt.

Was sind die blonden, schwarzen, braunen Haare nichtssagend im Gegensatz zu der roten Perücke, die wie Feuer glänzt. Hell ringeln sich die Löckchen zu züngelnden Flammen, dunkel glüht der Scheitel, Sonnen sprühen, Leidenschaft glänzt im Flimmergold jeden Haares.

Ach, wär' die rote Perücke mein! Könnt ich sie einmal tragen eine Nacht hindurch. Auf einem glänzenden Ball. Lichtüberflutete Säle. Herren in Frack und Uniform, Orden auf der Brust, Sterne, Kreuze. Damen in glitzerndem Schmuck und eleganten Toiletten, und ich mitten drin mit dem roten Haar, das halbgelöst in den Nacken fällt, dessen kleine Löckchen sich um meine klopfend warmjunge Stirne schmiegen, das Ohr küssen, meine Wangen liebkosen, das Schwarz meiner Augenbrauen betonen, meine Blicke leuchtend vertiefen.

Aller Augen sehen auf mich, hüllen mich ein in Glut und Licht. Und ein ander Leben erwacht in meinem Blut, mein Denken, mein Fühlen wird heißer unter der Feuersbrunst der roten Haare, meine Augen leuchteten anders, meine Blicke würden wärmer, meine Worte trunken von seltsamer Fremdheit.

Stolz wie eine Siegesfahne trüg ich die rote Perücke durch den Saal – durch das Leben dann, und es lacht und lockt, verspricht und schenkt, betört und beseligt... Nicht wie jetzt bei toten Büchern sitzen, bei Worten mit fremdem Klang, bei Längstgestorbenen, deren Atem verweht, deren Gedanken bloß ein seltsam Leben führen, das man erwecken kann oder daran vorübergehen, und ich will nicht mehr, ich will nicht mehr...

Die toten Haare hier auf der kalten Wachsbüste, die will ich zum Leben wecken, sie würden zu reden beginnen, wenn *ich* darunter lachte. Tausend Wünsche steigen empor und umarmen mich. Gedanken haken sich fest, die mich umgarnen. Rote Sehnsucht rinnt in meinen Adern, Verlangen klopft in den Gliedern, und um mich her, eine mir fremde, kalte Grausamkeit lauert im Herzen, und die Seele horcht, die Seele wächst und wächst...

Gedanken einer Mänade steigen empor aus dem roten Haar, Wünsche einer Circe, das Erinnern an tausend Erlebnisse, das Locken einer bleichen Nixe mit dem grünschimmernden Wunderleib. Sirenenlachen. Glutvolle Leidenschaft. Die Sehnsucht, die Jahrtausende geklopft in Milliarden Frauenherzen, stünde auf. Lebendig. Riesengroß. Lachend. Märchenhaft tief.

Schön wär' ich und begehrenswert. Eine Siegerin, die lächelnd über zertretene Herzen geht, über kniend betende Seelen.

Ja, sie allein hat mir gefehlt zur Entfaltung meines Selbst, das fühl' ich, das weiß ich. Meines Herzens Lachen, meiner Sinne Flamme, meines Geistes Feuer, sie alle warteten auf die rote Perücke, mit dem Haar aus Feuergold, auf die Vision der roten Perücke.

„Mein Fräulein!"

Ein Herr steht neben ihr mit suchenden Augen und einem leis-verlegenen Lächeln.

„Mein Herr." Sie lächelt, das erstemal, daß sie sich nicht empört fortwendet, sondern lächelt, und sie fühlt die Kraft dieses Lächelns.

„Fräulein, was sind die leblosen Haare hier im Gegensatz zu Ihrer blonden Lieblichkeit."

Sie sieht ihn an.

„Darf ich ein Stückchen mitgehen. Es ist ein so schöner Abend heute, voll dunkler Geheimnisse."

Entschlossen richtet sie sich auf. „Kaufen Sie mir die rote Perücke."

„Vielleicht – später", meint er ausweichend.

Sie lacht höhnisch. „Für mich gibt es nur einen Kaufpreis, und der muß gleich erlegt werden."

Er wartet und rechnet. Dann sinkt er zusammen. Er hat nicht soviel und wird wohl niemals soviel beisammen haben. Aber er mag nicht fort. Die kaltfunkelnden Augen locken ihn, und er vertraut der Macht seiner jungen, bittend-demütigen Augen. Aber sie sieht über ihn hinweg, bis er fortschleicht.

Ihre Augen umwerben wieder die rote Perücke, und sie weiß, sie wird sie tragen.

Emmy Hennings

Die Kellnerin

Dagny war ganz einfach aus der kleinen Weinkneipe, in der sie als Kellnerin angestellt war, weggelaufen; sie war daran gewöhnt, den ganzen Tag im Freien zu leben, und dort mußte sie in einem dunklen Raum mit widerlichen Menschen sauren Wein trinken. Und sie hatte Interesse daran, möglichst viel zu trinken; denn von jeder Flasche bekam sie Prozente. Abends war sie dann meistens betrunken, aber sie versuchte es immer zu verbergen; denn Hans, mit dem sie zusammen wohnte, ekelte sich sonst vor ihr. Sie konnte doch nichts dafür, und sie musste so oft weinen. Und eines Mittags lief Dagny fort, direkt in die Wohnung zu Hans. Er machte ihr gleich Vorwürfe, weil sie sich die Prozente vom vorigen Tage nicht hatte auszahlen lassen. „Ich werde später schon wieder hingehen", sagte Dagny, „zuerst will ich mal ein paar Stunden schlafen." Sie warf sich aufs Bett und schlief sofort ein. Als sie nach drei Stunden erwachte, erzählte Hans, die Wirtin sei dagewesen, und sie müßten auf der Stelle das Zimmer räumen, weil sie rückständig in der Miete und nicht verheiratet seien. Die paar lumpigen Sachen behielte sie als Pfand, damit sie doch etwas hätte. Dagny wurde plötzlich sehr traurig, denn sie war es müde, nachts in den Anlagen auf den Bänken des Verschönerungsvereins zu schlafen. Sie zog sich langsam an, band sich die Tändelschürze um. Man konnte nicht wissen, ob man eine neue Stellung bekam. Das alte Jackett zog sie auch an. So gingen die beiden fort. Der Reisekorb wurde gleichgültig zurückgelassen. Sie schlenderten gedankenlos durch ein paar Straßen. Sie hatten noch gar keine Lust, an die Zukunft zu denken, nicht einmal an die nächste Nacht. Es fing zu regnen an, ganz große Tropfen fielen. In ein paar Minuten waren sie durchnäßt. Aus Dagnys Jackett stieg ein Parfüm, welches sie an durchtanzte Nächte und verbummelte Morgenstunden im Café erinnerte. Ihr Arm wurde müde, den Rock zu halten. Sie ließ ihn schleppen. Mochte der Saum naß und schmutzig werden, es war gleichgültig. Die Sonne würde das Kleid trocknen, die Farbe ausbleichen. Ihr Hut würde durch den Regen die Form verlieren, aber plötzlich war alles gleichgültig geworden. Es gab kein Wesen, das etwas von den beiden erwartete. Dagny und Hans erwarteten ein Wunder. Vielleicht kam ein Mensch, dem Dagny gefiel und der ihr Geld schenkte. Dann würde man morgen seidene Strümpfe und amerikanische Schuhe tragen. Und sich in breiten Hotelbetten strecken. Hans meinte: „Du könntest deine Prozente aus der Kneipe abholen. Man wird dir das Geld nicht vorenthalten. Du hast es doch verdient." „Gewiß", sagte Dagny, „aber ich habe Angst vor der Frau. Es ist mir sehr peinlich hinzugehen." Aber Hans wollte der Wirtin das Geld auf keinen Fall schenken. Schließlich schickten sie einen Jungen, dem sie einen Zettel gaben mit der Bitte, doch das von Dagny verdiente Geld herauszugeben. Dagny hatte wenig Hoffnung. Abgespannt lehnten sich beide an die Mauer, Hand in Hand. Nach ein paar Minuten kam das Kind zurück und brachte 2 Mark 20 Pfennig. Das Kind bekam die 20 Pfennig. Das war jetzt eine große Freude. Vor allen Dingen kam es darauf an, das Geld recht geschickt anzubringen. Zigaretten mußten gekauft werden. Das war sehr wichtig. Danach würde man in ein einfaches Café gehen. Ach, das Leben war doch schön. Der Regen würde vielleicht aufhören und man könnte ruhig des Nachts auf einer Bank schlafen. Schließlich hatte man doch auch Glück gehabt. Nicht einmal in Schutzhaft gewesen. Man hatte sich schon gut gehalten. Im Café war es freundlich, und sie spielten Domino. Das war entzückend. Sie erinnerten sich nicht, daß der Kaffee je so gut geschmeckt hatte. Sie wurden ein wenig betrunken. Nach ein paar Stunden verließen sie das Café. Der Regen hatte aufgehört. Die Luft war wundervoll rein und frisch. Zum Schlafen war es noch zu früh. Beide wanderten Arm in Arm durch die bunten Straßen. Sie beobachteten die Mädchen, die Bekanntschaften machten, und freuten sich, wenn etwas zustande kam. In den Gängen und Haustüren wurde geküßt. Es war doch gut, daß sie nicht mehr ihr Zimmer hatten. Dort war es so unheimlich gewesen, als ob man es nicht gut mit ihnen meinte. Es war ein angenehmes Gefühl, nichts zu besitzen, kein Gepäck zu tragen. Im Stadtpark dufteten die Bäume nach Herbst. Die beiden setzten sich auf eine Bank, die sie schon kannten. Er nahm sie in seine Arme und küßte sie. Sie saßen ganz still und glücklich da. Es war ruhig und dunkel geworden. Dagny und Hans schliefen beide ein. –

Elisabeth Janstein

Die Telephonistin

In das braune, stickige Dunkel, das gut und ohne Grenzen ist, schlägt das Rasseln des Weckers. Müdigkeit, die eine weiche Decke war, in die man sich hüllen konnte, muß abgeschüttelt werden, Traum von gütigeren Ländern darf nicht mehr sein. Jetzt stehen unüberwindliche Schrecken, wie Waschen mit kaltem Wasser, Kämmen und grelles Licht, vor dem zaghaften Bewußtsein. Der Druck im Hinterkopf, der schon gestern abend da war, ist in den wenigen Stunden Schlaf nicht gewichen und liegt schwer wie ein Fallbeil im Genick.

Der Weg zum Amt hat keine Freude, die kleinen, weißgoldenen Wolken, der liebe junge Hund, der hochspringt, dringen nicht bis zur Schwelle des Gefühls. Die Luft in der Garderobe ist abgestanden, riecht nach Terpentin und erinnert voll Ekel an Frühen nach dem Nachtdienste, da man grünlichblaß und frierend aus den Sälen in dumpfe Wärme trat. Alles was sonst nicht mehr gefühlte Selbstverständlichkeit ist, das Umziehen, die Stiegen hinauf bis zum vierten Stock, der Schwall der abgelösten Nachtdienstlerinnen, der entgegenkommt, wird heute zum quälenden Erlebnis. Beim Einschalten am Platze – der metallne Reif des Kopfapparates ist schon jetzt schmerzhaft – ballt sich das Gefühl der Unerträglichkeit zu einer schweren, kreisenden Kugel, die in Kopf und Magen zugleich ist, und immer größer wird.

Der Verkehr beginnt. Eine Lampe nach der anderen brennt auf, lauter kleine, tückische Augen, blau, rot und am schmerzhaftesten das grelle, nackte Weiß. Maschine – Maschine – sie ist eingeschaltet und läuft: „Bitte, welche Nummer? Bitte." Die Hände sind schwer und seltsam fühllos, manipulieren langsam und ungeschickt mit den glatten Kippern, sind zu schwach, um die Schnüre am Zuggewicht in die Höhe zu ziehen, und die Stifte fallen, laut aufklatschend, wieder zurück.

Lauter neue Lampen, eine nach der anderen leuchtet auf, oft nebeneinander, so daß weiß und blau oder gelb und rot zu einem wunderlich irisierenden Kreis verschwimmen. Und Müdigkeit, diese Müdigkeit. Der Lärm im Saal, das monotone Sprechen, das Gleiten der Stifte ist, wie wenn das Ohr an eine Riesenmuschel gehalten würde, unaufhörliches, auf- und abschwellendes Brausen.

In dem Augenblicke, da sich das Gefühl des Nichtmehrkönnens zu schneidender Gewißheit zusammendrängt, kommt die Ablöse. 25 Minuten Pause. Der Erholungsraum ist voll Lärm und Essensgeruch, auf den Gängen ist Fremdheit und Kälte, also wieder in die Garderobe. Die Papierkiste wird an den Kasten geschoben, der Kopf angelehnt. Nur das leise Singen der Gasflammen ist im Raum und hin und wieder verhallende Schritte. Wie gut das Augenschließen tut. Wenn diese 25 Minuten nur so barmherzig wären, nicht zu enden. Was wäre jetzt am schönsten? Irgendein Waldweg, Grün, Sonne. Oder im weichen, warmen Sand des Strandbades verwühlt? Alles fordert zu viel und ist zu grell. Das dämmerige Zimmer, warm, voll Abgeschlossenheit, im Bett geborgen. Nichts wissen, nichts wünschen, nur Gelöstheit aller Glieder, ausruhen, schlafen.

Eine Glocke voll schrecklicher Grellheit. Irgendein Signal, das ausprobiert wird. Jagen die Stiegen hinauf, immer zwei auf einmal, den Apparat aufgewickelt und eingeschaltet. Maschine, Maschine... Eine Anfängerin hat den Platz bedient, zu langsam gearbeitet, jetzt glüht eine Kette von Lampen, schmetternde Ohrensignale, vorwurfsvolle, grobe Worte. Lieber Gott, diese Qual, diese Qual! Die Hände zittern, und die Lippen können die Worte nicht mehr formen. Wie schwer die Zahlen zu sagen sind, unüberwindliche Hindernisse. Wie schön war es in der Garderobe, dunkel, ruhig, keine Stimmen. „Welche Nummer, welche Nummer?" „Dreizehndreisiebenundachtzig." Eine Mauer schwillt – dunkel – immer größer, immer größer... die Stimmen sind ganz ferne... Dreizehndrei... durch die Mauer geht ein Bersten – Himmel bricht herein und ist besät mit kreisenden Sternen, die einen wunderbaren, schwebenden Gesang ausströmen.

Hermynia Zur Mühlen

Die Mangel

Es ist bereits spät, allmählich verlöschen die Lichter in dem kleinen Hotel dritten Ranges, die Lärmenden auf dem Korridor verstummen, die Gäste schlafen.

Draußen vor meiner Tür hebt ein widerliches, schrilles Ächzen an: regelmäßige, klägliche Töne. Das ist die Mangel; fast täglich ist sie die letzte Stimme, die durch das Haus klingt.

Unzählige Male habe ich sie bereits gehört und mich über den sinnlosen Lärm geärgert, heute jedoch deucht mich, die Töne klängen anders, wären stammelnde Laute, die sich allmählich zu Worten, zu einem wehmütigen Lied verdichten. Und die Mangel singt: „Es ist spät, sehr spät, gleich wird die Kirchturmuhr Mitternacht schlagen. Aber du, Mädchen, das du an mir stehst und die Kurbel drehst, darfst noch nicht schlafen gehen, noch liegt ein Berg Wäsche vor dir, der gerollt werden muß. Weißt du aber auch, daß nicht nur die Wäsche unter der pressenden, würgenden Walze erdrückt wird? Auch deine Jugend wird es, du Mädchen mit dem blassen Gesicht und den ewig unausgeschlafenen Augen. Überharte Arbeit preßt dir die Kräfte aus, schwächt deinen Leib, lähmt dein Gehirn. Wann bist du heute morgen aufgestanden? Um sechs, und dann bist du eilig in die Küche gelaufen, hast dort geholfen, hast dann die Frühstückstabletts durch's Haus getragen, treppauf, treppab. Dann mußtest du die Zimmer machen, bis zum Mittag, der neue Arbeit brachte.

Wo ist der Nachmittag hingekommen? Du weißt es selbst nicht; hier ist eine Arbeit, dort eine Arbeit, immer wieder hat dich jemand gerufen, so ging's bis zum Abendbrot. Wieviel Geschirr gibt es noch zum Aufwaschen; kaum wird man damit fertig. Und wenn endlich alles erledigt ist, wartet noch die Wäsche auf dich.

So geht es Tag um Tag. Wo ist deine Jugend? Du bist zwanzig und schaust, nach fünf Jahren dieses Lebens, wie dreißig aus.

Und was bekommst du dafür?

Zwanzig Mark im Monat und die Trinkgelder, die in einem Hotel dritten Ranges nicht hoch ausfallen.

Zwischen zwei Seufzern der Müdigkeit – einem des Morgens, wenn du aufstehst, einem des Abends, wenn du dich ins Bett schleppst, vergeht dein Leben. Du bist jung, und weißt es kaum. Hast du denn Zeit, froh zu sein? Hast ja nicht einmal Zeit, über dein elendes Leben zu trauern. Und wenn du es wagen solltest, von dem Gesetz zu sprechen, das dir etliche freie Stunden gewährt, so würde der Wirt dir bloß sagen, du könntest gehen, er fände unzählige andere, die bereitwillig an deine Stelle treten. Denn der Wirt ist ein großer Herr, gehört er doch zum Stand der Revolutionsgewinnler, der jetzigen Herren des Landes – der Kleinbürger.

So wie du stand wohl auch deine Mutter schon an der Mangel – vielleicht auch deren Mutter – verlor Jugend und Kraft, Leben und Glücksmöglichkeit in harter, schlechtbezahlter Fron. Wurde alt vor der Zeit, ausgebeutet.

Sollen auch die, die nach dir kommen, das gleiche Los erdulden? Es muß nicht sein: siehst du, Mädchen, jetzt drehe ich mich nicht mehr, du hast zu viel Wäschestücke untergelegt, die Rolle vermag mit ihnen nicht fertig zu werden. Du bist nicht die einzige, es gibt eurer Unzählige in allen Städten und Dörfern. Hieltet ihr zusammen, wäret ihr eins, die Walze, die euch unterdrückt, müßte stehenbleiben."

Die Mangel verstummt, stöhnt bloß noch etliche Male klagend: „Es ist spät, es ist spät!"

Claire Goll

Die Schneiderin

Die hübschen Wachsmädchen hinter den Vitrinen lächelten ihr Lächeln von gestern in die Hauptstraßen. Elegante Frauen wühlten mit gierigen Blicken in Schaufenstern und Läden. Hundert Reklamesterne gingen wie immer über den Häusern auf. Irgendein Mund schrie und warb für Cabarets und Varietés, in denen man sich frivol über den Tod hinweglachte. Arme Frauen boten blühende Gärten in ihren Körben feil, und in einer Ecke froren die kleinen ewigen Mädchen mit den Schwefelhölzern aus Andersens Märchen. An den billigen Himmeln der Kinos gingen bunte Sonnen auf, und Christus leuchtete in roten Flammen als neuer zugkräftiger Film über dem Eingang in die Sensation. Da und dort stürzten sich aus den Cafés Töne eines Pianolas oder rotmaskierten Orchesters auf die Straße und zerhackten den Abend. Ein überlebensgroßer blauer Geck verkaufte für irgendeine Firma sein verführerisches Lächeln von einer Häuserwand herunter. Die bunten Zettel der Plakatsäulen überschrieen sich im Anbieten von Vergnügungen. Autos zerschnitten hochmütig die Straßen.

Bunte Menschenknäuel jagten aus dem Untergrundbahntunnel in die Oberwelt. Der Smoking wanderte neben dem Kittel. Der Weg machte keine Unterschiede. Zwischen Seidenkleidern schleppten zerlumpte Gestalten ihr Elend heim. Man übersah sie ebenso wie man das Leid hinter den Fenstern, wie man die Verwundeten, die Krüppel und die Toten übersah. Man wollte den Krieg vergessen. Das Leben und die Stadt waren mächtiger als der Tod.

Die Frau des Zuschneiders Sedlatschek ging schnell, ohne zu sehen und ganz in sich gebeugt nach Hause. Sie war Schneiderin. Den ganzen Tag saß sie in fremden Häusern, nähte für fremde Menschen. Man setzte sie gewöhnlich im schlechtesten Zimmer aus, denn die Herrschaften wollten so wenig wie möglich an sie erinnert sein. Eigentlich war sie Tag für Tag lebendig begraben zwischen vier Wänden. Aber davon wußte sie nichts. Ebensowenig wie sie wußte, daß es eine Welt gab.

Wenn sie abends müde und frierend nach Hause kam, in die Leere ihrer kleinen Wohnung, dann schrieb sie mit zerstochenen Fingern einen Brief an den Mann, der draußen im Felde stand. Dieser Brief und seine Antwort waren ihr Leben. Dafür nähte sie, dafür erlitt sie den Hochmut der Reichen.

In das Gold der üppigen Kleider stickte sie ihre Sehnsucht nach ihm. Durch alle Säume der Roben, die ihre Armut nähte, liefen ihre Träume. Alles Geld wurde zu Liebesgaben für ihn, die sie unaufhörlich ins Feld schickte. Ihre Liebe zu ihm war das Größte an ihr und ihrem Leben. Sie hob sie hinaus über Raum und Zeit, über die fremden Menschen und Zimmer.

Jeder Tag war für sie ein Stich, der sie ihm näher bringen würde, und sie lebte einen um den andern geduldig ab, ohne zu klagen. Ihre Briefe waren ganz aus Liebe, duftige hellrosa Vögelchen, ein Stückchen Morgenröte in die Nacht des Krieges. Krieg! Dies Wort glitt an der Oberfläche ihres Gemüts vorbei. Sie war zu gut und zu naiv, um sich darunter etwas vorstellen zu können. Der Gedanke, daß ihren Mann auch eine Kugel treffen könnte, zerbrach beim ersten Auftauchen an der Mauer ihrer Liebe.

Sie ging schnell und voll Andacht nach Hause. Dort verschloß sie ihr Zimmerchen fest vor der Stadt, um ganz mit ihm allein zu sein. Die spitzen Rufe der Trams, das gläserne Knirschen der Wagen, die grellen Schreie der Glocken zerbrachen an den geschlossenen Fenstern.

Ihre Seele öffnete den Briefkasten. Da hielt sie eines ihrer eigenen hellrosa Vögelchen in Händen, das ihn nicht gefunden hatte. Ihre Hand zitterte ein wenig. Und ihr Herz zitterte noch mehr. Und am andern Abend lagen wieder zwei rosa Vögelchen da, auf denen stand: Gefallen auf dem Felde der Ehre; außerdem ein Brief von ihm aus irgendeinem Lazarett, der Abschied nahm.

Sie hielt sie alle in der Hand, soviel Liebe, die nichts gegen den Tod vermocht hatte. Es war, als hätte sie ein Eisstückchen verschluckt, das sich langsam in ihrem Körper ausbreitete. Zuerst schlugen ihre Zähne aufeinander, dann schlotterten die Hände und der Leib, und zuletzt tanzten die Füße einen wilden Tanz gegen den Boden. Da fiel ihr Blick auf den schwarzen Torso der Kleiderpuppe, die jetzt der Inhalt ihres Lebens war, und sie klammerte sich wie eine Irre an das fühllose Holz, das einen Menschen imitierte. Jetzt wußte sie plötzlich, daß der Krieg ein schwarzer Rumpf war, ohne Arme und Beine, ohne Kopf, der nichts am Menschen ließ als einen verkohlten Leib ohne Herz, den man mit bunten Kleidern umhing.

Hilflos und ächzend stürzte sie vor der Puppe in sich zusammen.

Als sie erwachte, war alles dumpf und schwarz um sie. Sie schleppte sich durch die Nacht an den Tisch. Wie ein bleicher Mond ging die Lampe am dunklen Horizont des Zimmers auf.

Sie kramte mit blassen Fingern seine welken Briefe vor. Das Blut ihres Herzens färbte sie rot. Sie holte die Andenken aus dem Spind, die Erinnerungen lachten, und die Locke aus seiner Kindheit wellte sich um ihren Schmerz. Sie schlug das Photographiealbum auf dem Tisch vor sich auf. Dem verblühten Samt wurde rot und heiß unter ihren Lippen. Sie öffnete die Postkartensammlung. Da waren die Plätze und Dörfer, die sie mit ihm gesehn, um die seine Hände kleine, schlechte Frühlinge gemalt hatten. Ihre Liebe atmete den jungen Geruch der Knospen ein. Und da lag der Segensspruch, sein letztes Geschenk, mit den Engeln, die so sehr von ihrer billigen Buntheit gerührt waren, daß sie laut für sie zu beten schienen. Ganz umgeben von ihm lächelte sie sich einen Augenblick weit fort von seinem Tod.

Da fiel ihr Blick auf die schwarze Puppe in der Ecke, die wie ein böser Dämon zusah. Die Täuschung vor ihr fiel zusammen in dem einen Wort: tot. Tot. Krieg. Nie wieder. Vergraben. Irgendwo. Und morgen wieder mit der Marionette dort leben müssen? Nein! Sie sprang gegen die Puppe, warf sie um, zerbrach sie, zersplitterte sie mit den Füßen, riß Hut und Mantel über sich und rannte mit zerspringendem Herzen hinaus auf die Straße – dem Tode nach.

Bleich und verloren taumelte sie auf der Hauptstraße durch die Nacht. Die Sterne wuchsen wie gefrorene Eisblumen aus dem Himmel. Es war alles wie gestern. Die Straßen tanzten auf und ab im Zucken der Lampen. Die Wachsdamen boten ihr Lächeln feil und trugen in einer manierierten Pose das neueste Kleid. Und das hatte gestern noch ihre Existenz bedeutet! Das Vergnügen rauschte um sie. Es war alles wie gestern. Es war alles, wie es morgen sein wird. Das war möglich! Nichts verändert. Nur ihr Mann war tot.

Die Frau stand vor jedem Laden still. Sie sah nichts. Das Glas trennte nicht nur ihren Körper, auch ihren Blick von den Auslagen. Die große Sonne eines Cafés blendete ihre entzündeten Augen. Beinah bewußtlos ging sie zum ersten Mal darauf zu. Da war noch irgendein kleiner Lebenswille, der Zeit und Mut gewinnen wollte und flüsterte: Noch einmal das Gefühl der Menschen, des Lebens haben.

Sie hatte kein Heim mehr. Aber ein Café, das war ja wohl so eine Welt, die Einsame sammelte, wo jeder sich aus einem Tisch eine Heimat machte.

Sie setzte sich mitten hinein in den Lärm. Verzweiflung machte sie sehend. Hier saß man also um irgendein Nichts, wie sie vorhin um ihren Toten. Hielt für zehn Pfennige eine Zeitung – den Krieg und die Welt – in der Hand, und ihr Mann war tot. Hier lachten Frauen, die genug Geld und Einfluß hatten, um sich von Leid und Krieg frei zu kaufen. Ihre Männer kämpften von sicheren Plätzen aus. Ihr Mann, der war arm, gewöhnlicher Soldat, deshalb war er tot. Der Schmerz gehörte nun einmal zu den Armen. Er war ihr bester Freund. Draußen hungerten und froren Menschen wegen einiger Groschen in den Straßen, und hier gab man das Zehnfache für einen Tango aus. Hier bewarf man sich mit Worten und Blicken, wie mit bunten Konfettis im Karneval. Schleuderte sich gelbes Gelächter wie unechte Steine zu. Hier war man noch sein eigener Clown und Harlekin seines Unglücks. Lustspiele der Verführung wurden gespielt, während hinter den Kulissen des Kriegs gestorben wurde. Ehebrüche wurden begonnen und beendet. Engel und Teufel verbündeten sich hier. Worte fielen wie Nadeln aus dem Mund, und Händedrucke waren wie Messerschnitte.

Rauch brach wie eine Wolke aus dem betäubenden Himmel einer Zigarre, die neben ihr saß, und hüllte sie ein. Sie fühlte den gekauften Duft als das einzige, was sie mit den Menschen um sie herum verband, dachte im Vergleich zu diesen lebenden Puppen an die zu Hause, schluchzte trocken auf wie ein Kind, das sich ganz verraten sieht, und stürzte mit einem endgültigen Entschluß hinaus.

Sie taumelte. Wehte haltlos umher. Rannte durch die Täler zwischen den Häusern, die wie Gebirge in die Nacht wuchsen. Ab und zu fiel aus den Fenstern Helles herunter, und sie klammerte sich schon von weitem daran fest. Sie rannte immer im Kreis umher, die Häuser hielten sie wie ein steinerner Käfig gefangen. Ihr Herz zerstieß sich daran, und ihr war, als ob es in tausend Scherben zerbräche. Die Stadt lag in der unheimlichen Stille des nächtlichen Starrkrampfes. Die Laternen flatterten als einziges Leben dazwischen wie glitzernde Libellen. Die Frau flog immer wieder darauf zu wie ein irrender Nachtfalter. Ein blonder Mond lächelte spöttisch auf sie herunter. Er sah jede Nacht auf hunderttausend Verzweiflungen, und sie rührten ihn nicht mehr. Sie sah hinauf. Es gab also immer noch Mond über der Welt, es gab also morgen wieder Tag und Auferstehung. Nur er kam niemals wieder!

Sie lief von neuem dem Tod nach. Es schien ihr, als könnte sie ihn nie, nie einholen. Nur fort von dem Licht, das sie immer wieder gefangennahm, hinaus, hinaus aus der Stadt. Der kleine Lebenswille jagte sie, ohne daß sie es wußte, und sie rannten gemeinsam vor dem Tod davon. Während sie lief, spürte sie ihren Körper, das warme Leben. Gärten standen plötzlich hinter kunstvollen Gürteln von Gittern auf und näherten sich dem Himmel. Sie öffnete sich weit ihrem Duft, der sich berauschend in ihr ausbreitete und sich wie eine schäumende Barrikade vor ihrem Entschluß erhob. Bewußtlos und betäubt lief sie um die Wette mit dem Morgen, zurück in die offenen Arme der Stadt, den Menschen, dem Lärm und dem Leben entgegen.

Der Tag warf sie ziellos umher. Sie hatte völlig vergessen, daß sie irgendwo ein Heim hatte, denn das war ihr mit ihrem Mann gestorben. Der ging neben ihr und forderte sie. Sie war ihm den Tod schuldig oder vielleicht noch mehr: ihr Leben. Die Stunden zerrieben sie, und als der Abend in sie hinabsank, war sie so morsch, daß sie nichts mehr denken konnte. Lichter, Worte und Gelächterfetzen prallten an ihr ab, rollten unter ihre Füße, und sie trat darauf und fühlte sich nicht mehr. Der Gram machte sie schön und schwebend. Sie sah aus wie eine jener Heiligen, die nur noch im Schmerz und nicht mehr im Leben sind. Sie tanzte zum zweitenmal wie ein Schmetterling vor dem Untergang über den Asphalt.

An einer Straßenbiegung holte sie eine Stimme ein, forderte auf. Sie begriff sie kaum. Dann – als sie ihr ihren ganzen Zorn zuschleudern wollte, sah sie in das Gesicht eines jungen Offiziers. In dem Augenblick fuhr ein tückischer Gedanke aus einer fremden Welt durch ihren Schmerz und verwandelte ihn. Der kleine Lebenswille flüsterte: leben, leben für die Rache. Sie lächelte kunstvoll und verführend wie eine Geübte. Folgte ihm. Sie hätte nicht sagen können, wohin er sie führte. Sie wußte nichts von allem, was mit ihr geschah. Sie wußte nur das eine: Rache.

Von nun an lockte sie jeden Abend. Der Haß wurde ihr Lehrer. Sie gab sich den Schlechtesten inbrünstig hin, um zu ihrem Ziel zu kommen. Als ihr der Arzt nach mehreren ergebnislosen Besuchen sagte, daß sie krank sei, lächelte sie ein boshaftes und verzücktes Lächeln: „Ah – die große Krankheit, endlich!", und sie sprang, von seiner ehrlichen Verachtung beworfen, hinunter in das neue Leben. Sie zog die Schminke, die sie leichten Mädchen ähnlich machte, über das Leid ihres Gesichts, um sich nicht zu verraten. Sie hatte gelernt, daß man die Seele verbergen mußte, um anzuziehen. Und sie rächte ihren Toten, rächte ihn an den Männern, in denen sie seine Henker sah. Bestahl durch ihre Krankheit deren Frauen. Sie stahl sie ihnen, nicht durch den Tod, sondern durch das Leben. Sie verheerte sie. Ihr Haß war unermüdlich.

Auch ihr Körper verbrauchte sich, sie gab ihn nach und nach für den Gestorbenen hin. Als sie schwindsüchtig, mit verfaultem Leib, in das Krankenhaus eingeliefert wurde, schrieb sie noch eines der hellrosa Vögelchen an den toten Mann, legte zwei Tränen und ihr Herz hinein und starb mit dem gesättigten Lächeln der Rächerin.

Sylvia von Harden

Die Maske

Zwei Uhr nachts. Rote Lampions leuchten matt bis in die letzten Ecken des Ateliers. Madame E. stand aufrecht und las Gedichte eines Freundes, der langgestreckt auf einer Ottomane lag und leise französische Chansons vor sich hin pfiff. Es lag eine weite Müdigkeit auf allen Köpfen. Die Tür springt auf und ein kleines gelbes Mädchen tanzt hinein mit aufgelösten schwarzen Haaren und großen Augen. Ein Typ des Orients. Es ist die Tänzerin Rahel. Und sie tanzt Rubinstein. Die dünnen Wände des Ateliers biegen sich. Die starken Bilder fallen und es entsteht ein allgemeiner Brand. Die Menschen bleiben – aus Zwang. Rechts in der Ecke baut sich ein Altar auf, und zwischen fünfzig Leuchtern hängt ein Bild, das ewig bleibt:

„*Die Maske*".

Valse caprice. Rahel tanzt auf die Maske zu, doch diese geht auf und nieder, so wie Rahel sich ihr nähert. Rahel will sie küssen, doch das Bild entgleitet ihren weißen blutentleerten, schlanken Händen. Erschöpfung. Rahel kann nicht beten, nicht weinen, sie stöhnt. Und das Atelier entleert sich unter dem matten Schatten roter Lampions. Rahel und Madame E. bleiben. Und die Maske leuchtet durch ein Dunkel wie ein blasser Mond. Lampions erlischen. Nacht. Liebe. Sehnsucht. Madame E. sitzt in einem Sessel und – schläft ein. Sonderbare Menschen... Rahel hebt langsam ihren schwarzen Kopf, und von gelben Wangen perlt blutiger Schweiß (es müssen die letzten Reflexerscheinungen der Lampions sein), und sie legt ihre dünnen Arme vor, langgestreckt, gereckt, daß die Finger einen eigenartigen Rhythmus vibrieren. Sie spricht leise, so leise, daß keiner es hören kann, und die Maske bewegt sich, wie die Figuren des Inders Mac Bahu. Graue Lippen aus Zement können auch sprechen (nicht Fleischmuskeln reden, nur Seelen). Und die Maske zittert und stammelt unverständige Laute, um dann in einer wohlklingenden Sprache fortzufahren. Wie ein Tschaokiun.

Rahel sah weit. Über den engen Rahmen hinaus, den die Maske aufgelöst hinter sich ließ.

„Bist du der Mond?" flüsterten ihre lippenweichen Worte.

„Mond! – nein – ich bin die Sonne des Orients – bin das ‚Ich' deiner Geliebten – trage ihre Seelen in mir."

Und Rahel zuckte, Schrecken, aufgepeitscht. Bizarres Blut in Heimat. Und irres Lachen lag.

Langsam und wortlos gingen sie aus dem Atelier. Über Treppen. Auf sternenlosen nackten harten Straßen. An Eisenbahngeleisen. Über Spielplätze. Vorstädte. Früher Frühling. Durch Wirrnis.

Und Rahel eilt durch sternklare Nacht. In allen Sinnen liegt das Bild der Maske. Nicht einmal, hundert, tausendmal gesehen.

„Ihr Lieben des Orients, ihr könnt den klaren Himmel von Zürich nicht tragen. Ich weine und lache mit den Klängen meiner Heimat. Und schöpfe meine Kraft aus dem melodischen Dasein zweier Welten. Zürich und Konstantinopel tragen ein und dieselbe Musik. Maske, Du Überbringerin meiner Freude, spiele zum Tanz auf. Tanzen will ich auf den spiegelglatten Flächen und Plätzen großer Städte, die den Taumel ungelöster Welten brechen lassen. Hebt meine Sehnsucht, die in Spelunken mit Apachen hockt, den Geist des Irrsinns im Genick, zu edlem Tun? Ich hatte Hunger, mich quälte Durst, ich hatte Sehnsucht und kannte keinen Gott. In dieser Nacht wird mir das Wesen meiner Götter allzuklar, und kreisgeformte Ringe ziehen mich zu einem Mittelpunkt. Zu schnell verbrennt mein Fleisch, mein Blut im Feuer Eurer Nerven, Gott und Teufel."

Und die Maske bewegt sich in zyklischen Flügeln, den Giebeln und Dächern entlang und neigt sich zu Rahel. Dann liegt sie vor ihr auf den kalten Schienen der Straßenbahn.

„Bete zu mir, Rahel, ich will Dir helfen. Küsse mich. Aber befrage mich nie."

Die Maske verlor ihre Starrheit, und Rahel wollte sie an sich ziehen. Sie konnte sie nie ganz erreichen, denn sie war immer weiter, als Rahel glaubte. Rahel hörte, fühlte den Odem ihrer Seele und trank im Rausch das Sterben fremder Seelen. Und Rahel las an dem Plafond eines Cafés:

„Morituri te salutant."

Und Rahel eilt getrieben. Der neue Tag kämpft den ersten Kampf, er bricht durch. Zarte Strahlen der Sonne brechen die letzten Nebel. Elementar setzt er sich durch und behauptet sich auch einige Stunden. Es wird aber immer wieder Nacht. Rahel läuft und schreit. (Es ist dem Irren so am leichtesten, den Affekt zu äußern.) Rahel erwacht irgendwo. Es könnte ihr Heim sein. Sie redet von Tänzen in dunklen Kellern, von saurem Alkohol und von den Tobsuchtsanfällen befreundeter Paralytiker.

„Ich habe im Leben auf jede Musik getanzt und habe alles gewagt. Doch wenn ich etwas fragte, dann hat man mich geschlagen. So irrte ich am Leben entlang und jeder Ursprung blieb mir fremd. So oft hab ich mich gefragt: ‚Rahel, warum lebst du!' Daß ich lebe und wie ich lebe, erleide ich im unbewußten Drang der Atmosphären."

Die Maske wurde hart, ganz steinernd und stierte auf tote Punkte, minutenlang, ohne Rhythmus, ohne Bewegung, ohne eine Art zu äußern. Sie hing durch ihren eignen Druck gehalten und klebte fest am Rahmen einer schlechtgestrichnen Tür.

Rahel sieht auf die Maske, und über die welken Wangen gleitet ein blasses Weinen. Die Wände bröckeln ab, und die Maske bleibt. Rahel hat noch nie eine fremde Macht so gefühlt und ruft:

„Maske, wer gab Dir die Macht, Sinne zu verwirren, wer gab Dir den Geist, wer gab Dir Dein Gesicht."

Die Maske fällt auf den Boden. Es entsteht ein gewaltiger Brand. Die Flammen schlagen himmelhoch. Rahel verbrennt. Die Feuerwehr spritzt Wasser. Das Wasser zündet wie Petroleum und zeichnet eine Schrift in den auflodernden Flammen über brennende Trümmer:

„Ich hatte Hunger, mich quälte Durst, ich hatte Sehnsucht und kannte keinen Gott."

El Hor

Die Närrin

Ich will weg von hier! Ich will weg. Ich bin nicht verrückt. Nein, es ist nicht wahr, daß ich verrückt bin...

Ich muß jetzt nachdenken. Ich will das alles ganz genau aufschreiben, wie es war, dann werden die Leute sehen, daß nichts Verrücktes daran ist, und ich werde von hier fortkommen, das will ich! Wenn ich dann auch sterben muß, das ist mir ganz egal. Nur weg von hier! Weg muß ich von hier!

*

Es ist alles so fern geworden, ich habe es beinah vergessen. Es rührt mich nicht mehr.

Die Kerze flackert so, daß große Schatten vor mir herumspringen. Ich will die Augen zumachen, vielleicht wird dann mein Herz aufwachen.

*

Ah – ich weiß ja nicht, zu wem ich spreche! Ich fürchte mich. Ich habe niemals die Menschen verstanden. Ich habe mir Mühe gegeben, denn ich hatte die Menschen gern. Ich habe niemals ihren Ernst verstanden. Nicht ihre Sorgen, ihren Eifer, ihre Freuden. Ihre Gespräche kamen mir lächerlich vor, weil ich sie nicht begriff. Ihre Gedanken waren mir zu schwer, und ihre Scherze machten mich traurig.

Aber alles andre in der Welt ist mir nah. Die Erde, die Blumen, das Meer und die Tiere. Ich kenne das Licht und die Nacht, die Sterne und den Geruch des Frühlings. Ich habe mit den Blumen im Herbst gefroren, und die schweren Nachtnebel haben mich krank gemacht wie die letzten Blätter. Ich habe gezittert, wenn eine blühende Wiese gemäht wurde oder wenn die Säge einem adligen Baum Nerven und Sehnen langsam durchfraß. Ich habe seinen Schmerz gefühlt, wenn der windvertraute Wipfel fiel.

Ich habe die Märchen des Mittags gehört, wenn in seiner großen Glut der Saft des Lebens kochte. Dann spürte man, daß man heimliche Wurzeln hat, die sich in die Erde klammern, wie die der stummen Sträucher, den Pulsschlag der Erde spürt man und die Buhlschaft der Blumen. Die Blumen! Stumm und verstohlen strömt die Sprache der Erde aus ihren Mündern. Horch auf die Sprache der Erde! Die Erde schreit. Riechst du ihren Schrei? Siehst du ihn aus tausend Farben brennen? Du hörst ihn von allen Seiten, aus Höhe und Tiefe, laut und leise, scharf und süß. Er tropft aus Vogelkehlen von den Bäumen, er steigt wie Weihrauch aus dem Grund zur Sonne auf. Die Erde schreit zur Sonne auf. Ihr Schrei flirrt auf Schmetterlingsflügeln und in den Melodien des Mittags. Er brüllt in den Bergen und fährt über Wälder und Triften hin. Er rüttelt und kracht aus Kratern und Rissen, er steigt siedend und heulend aus dem Meer, er sickert honigsüß aus der weißen Rinde der Birken. Fühlst du ihn? Er kitzelt dich, er beißt dich ins Herz, er streift mit leisem Nagen deine Haut, er brennt dir auf die Zunge, du öffnest den Mund – und stirbst.

Heimlich drohend lauert das unterirdische Feuer, und sein Wille regt sich in uns.

*

Ich wollte eine Geschichte erzählen. Meine Geschichte. Eine kleine arme Geschichte. Wie war es doch?

46

Wenn wir uns zum Gruß die Hand gaben, fühlten wir einer in der Hand des andern die Adern klopfen.

Ich glaube, wir haben uns einmal geliebt.

Wir saßen in einem Garten. Wir sollten auf die Freunde warten, die in einer Stunde kommen wollten.

Es war ein ganz gewöhnlicher Gasthausgarten, den der Abend mit Geheimnissen parfümierte, und da erschien er wie der Garten des Lebens, vom dunklen Himmel bewacht.

Wir waren zum erstenmal allein. Mitten unter vielen fremden Menschen, die laut und lustig waren. Musik war da und Lachen, Tellerklappern, Klirren, Schritteknirschen im kühlen Kies. Elektrische Lampen hingen zwischen den Bäumen. Schlimmer und fremder Glanz! Wie von phantastischen Flunkereien. Und man bekommt Herzklopfen, wenn man sieht, wie die zarten Blätter oben hell und gequält in den grellen Strahlen zittern.

Diese Stunde war beladen mit allen Würzen der Liebe. Ich weiß nicht mehr, was wir sprachen, und den brennenden Geschmack von Glück spüre ich noch zuweilen und Augenblicke, die kurz und scharf trafen.

Wie kam es, daß wir unsre Hände streichelten und einander alles sagten?

Ich fühle noch, wie ich meine Nägel fest in seine Hand drückte. Und wie ich glücklich war über die schönen, roten Blutstropfen, die schwer und glitzernd rannen, bis ich sie mit den Fingerspitzen auffing und in den Mund nahm.

Er sah mich eigentümlich forschend an, er lächelte leise und inbrünstig und mit einer ganz feinen Neugier. Ich erschrak davor und fühlte es wie eine merkwürdige und scharfe Liebkosung.

„Küssen möchte ich dich –"

Seine Stimme durchdrang mich. Die dunkelste Liebe kam, Traumwirbel und Marter. Unsre Hände waren eiskalt, wie von Sterbenden.

Und das Lächeln auf seinem Mund! Das schöne, verwundete, gehetzte Lächeln, in das ich so sehr verliebt war...

Er rief meinen Namen, zweimal, leise, leise, haßerfüllt und doch so zärtlich und sanft, gequält und drohend – alles, alles klang darin! Alle Liebe und alles Schicksal.

Ich atmete seine Stimme ein, ich fraß mit den Augen das Zittern seines ganzen Wesens, ich empfand mit allen Nerven sein Blut. Es war mir, als müßte ich in sein nacktes Herz hineinbeißen, um nicht zu verdorren.

Er sprach weiter, abgerissen, fassungslos, es klang, als hätte er den Mund voll Blut –

Und warum endete das alles so erbärmlich? Warum? Warum?

Niemals mehr hätten wir einander wiedersehen sollen!

Morgen abend um acht?

Ja.

Gleich mußten die andern kommen, und wir gingen ihnen entgegen.

*

Wenn die Sonne scheint, kommt einem oft der Glanz der vergangenen Nacht wie ein dämonisches und klägliches Blendwerk vor.

Ich sah die triumphierenden Farben des Tages, ich ging über schimmernde Wiesen, ich berührte die schönen Blätter, die heimlich atmend am Wege standen, ich legte mich zu den Blumen ins Gras, und als ich nach langen Stunden endlich sah, wie dort oben der runde Mond langsam deutlicher und heller wur-

de, da wunderte ich mich über die verlogenen Lichter, die gestern die schlafenden Bäume quälten.

*

Als ich nach Haus kam, packte ich in Eile meinen Koffer, denn
am nächsten Morgen mußte ich abreisen.

In meinen Sachen fand ich einen alten, orientalischen Dolch,
den mir einmal jemand geschenkt hatte. Wunderbar schön war
der Griff, aus Elfenbein phantastisch geschnitzt. Und seine
Klinge war faszinierend. Das Ganze wie geschaffen für meine
Hand. Leicht und klein wie ein Spielzeug.

Und plötzlich fiel mir ein Wort ein, das gestern der Mann,
mit dem ich jetzt bald beisammen sein sollte, zu mir gesagt
hatte. „Ich werde dich binden, bevor ich dich küsse – "

Ich steckte den Dolch zu mir.

Vielleicht wird irgend etwas sein, was ich noch nie erlebte!

Wir trafen uns an einer Straßenecke. Er führte mich, ein paar
Schritte weiter, in ein sehr altes und schmutziges Haus. Wir
gingen die Treppe hinauf. Eine Wohnungstür stand offen. Wir
gingen hinein und kamen in einen dunklen Gang. Niemand war
zu sehen. Nur von ferne empfand ich irgend etwas Widerliches,
den gedämpften Schritt von Filzschuhen, Küchengeklapper,
Kaffeegeruch und abstoßendes Geflüster. Wir gingen schnell
und vorsichtig weiter, an verschlossenen Türen vorbei. Eine
Tür stand schon geöffnet. Wir gingen in das Zimmer hinein,
und er schloß rasch hinter uns ab.

Ich mußte plötzlich lachen über diesen diskreten und ordinä-
ren Betrieb, in dem er sich so sehr heimisch benahm. Ich empfand das Ganze als eine schäbige Situation. In der einen
Sekunde, während er den Schlüssel umdrehte, sah ich alles um
mich her so deutlich, als sollte fortan diese ekelhafte Umge-

bung zu mir gehören und söge sich nun tief und rasch in meinem Gehirn fest.

Ich hatte Angst vor diesen grünen Polsterstühlen, vor dem zudringlichen Waschtisch, vor dem grünen Sofa mit den Porzellanfiguren auf der holzumrahmten Lehne, vor dem Bett, vor dem Tisch mit der gleichen grünen Plüschdecke. Darauf lag ein Lederalbum und eine Rose aus Stoff. Diese Rose mit der dikken rosa Seidenblüte und den giftig grünen Blättern quälte mich am meisten. Und dann das Tageslicht! Die späte Abendhelle, die noch immer nicht verdämmern wollte und die so unheimlich ehrlich war...

*

Wir haben uns geküßt.

Ich fühlte nicht seinen Mund – ich hatte mich zu sehr nach diesem Mund und seinen Geheimnissen gesehnt, nach seiner gefährlichsten und dunkelsten Tiefe, nach seiner müden Andacht, nach dem schönen Saum der Lippen, nach seiner delikaten und kranken Roheit.

Ich fühlte nicht seine Arme, die mich umfingen. Ich fühlte nicht seine Nähe, ich spürte nur seine Kleider, seine Krawatte und seinen Kragen. Wie von fern sah ich seinen Gebärden zu.

O – ich kannte diese Gebärden alle. Nicht eine einzige überraschte mich, kein Ton seiner werbenden Stimme war mir unbekannt. O diese flammende Feindschaft in den Augen! Dieses hilflos freche Zerren und dieses beinah weinende Bitten!

Wer ist dieser, den ich zu meinem Herrn gemacht habe?

Einer! Nur einer... Irgend einer...

Es klirrte etwas am Boden. Das war der Dolch, der mit dem Gürtel zur Erde fiel.

Ich fühlte wieder seine Ärmel sich um mich schlingen, die Knöpfe an seiner Jacke taten mir weh, ich erschrak über seinen Kragen. Aber die nervösen Werbungen seiner Hände und seines Mundes konnte ich nicht fühlen.

Ich biß ihn in die Lippen, um seine Nähe zu empfinden, da hörte ich einen Aufschrei über dem Kragen, und eine Stimme, halb lachend, halb zornig: „Bist du verrückt."

*

Der Kragen knarrte. Ich haßte diesen Kragen. Was hatte der Kragen gesagt? Bist du verrückt? Nein, das hatte doch dieser merkwürdige Mann da gesagt, den ich nicht finden konnte. Ich konnte ihn nicht finden. Das ist doch komisch, nicht? Bist du verrückt – hatte er gesagt.

Ich glitt zur Erde. Kniend suchte ich den Dolch, während der Kragen sich über mich neigte. Dann stach ich irgendwo hinein, dicht über dem Kragen.

Ich hörte einen Schrei und ein schwaches, gurgelndes Lallen – Blut floß über mich – heiß und gleitend –

*

Ich bin in der schrecklichen Stube nicht mehr aufgewacht. Ich habe ihn nicht wiedergesehen. In der Untersuchungshaft erfuhr ich, daß er tot ist.

*

Ich möchte so gern noch einmal lachen. Aber das wird wohl nicht möglich sein.

Als ich noch lebte, habe ich viel gelacht. Aber hier, wo ich jetzt begraben bin, ist es zu langweilig, da kann man nicht lachen.

Ich pfeife auf das Leben – nur lachen möchte ich noch einmal! Vielleicht wird der Henker ein komisches Gesicht machen, oder die Richter werden wieder so ernst und würdevoll sein, daß ich darüber lachen kann.

Wenn ich nur nicht hierbleiben muß! Denn die Sonne und das Meer und die Blumen! Schöne fremde Länder möchte ich sehen, wo es heiß und hell ist und wo Duft und Lachen ist und seltsame Gärten und lichte Säulen und Stufen und Musik und Abenteuer und bunte Lichter und Sonne und die Nacht voller Gestirne. Und viele Blumen! Die roten Blumen des Lichtes und die blassen Blumen der Nacht. Und Früchte, die in ihrem Saft den Glanz und die Wunder des Sommers tragen. Und heiße Haine, in denen das Schweigen wie Weihrauch aus der Erde strömt. Gesang, Menschen, Himmelsblau! Und Freude... oh! Ich muß sterben, ohne das alles gesehen zu haben? Gibt es denn keine Hilfe? Ich will nicht sterben, ich pfeife nicht auf das Leben, ich will leben und lachen. Weit weg will ich von hier! Zu den Herrlichkeiten der Welt will ich. Hilf mir – Gott! Ich bin ja jung. Alles was schön ist, will ich haben, hörst du es? Ich will Rosen anfassen, ich will laufen und springen. Ich bin jung! Ich will –

Ach ich weiß nicht, was ich will – atmen will ich! Ich kann nicht atmen! Hilf mir doch, denn ich will fort...

Ich will auch viel Geld haben, und wenn ich durch die Straßen gehe, will ich Goldstücke ausstreuen, und die Damen und Herren werden sich darum prügeln und im Staube herumkriechen und nach den Goldstücken suchen.

Ich will kostbare Gewänder tragen, denn ich bin eine Prinzessin vom Stamme Davids. Mit meinen goldenen Sandalen will ich durch die schmutzigsten Gassen laufen und lachen. Meine Perlen und Halsbänder, meine smaragdenen Fußspangen und meine Rubinringe will ich den Bettlern hinwerfen, die am Weg hocken, und dem Hohenpriester will ich den Bart ausreißen. Ich hatte auch einen Sklaven, der mir gefiel. Aber er verstand nicht mit Prinzessinnen umzugehn, darum habe ich ihn getötet, da ist eine heiße, rote Schlange mir über das Herz gekrochen, und da bin ich eingeschlafen.

O Gott, hör mich an! Ich weiß ja – ich bin keine Prinzessin. Ich habe nicht kostbare Gewänder und goldene Sandalen. Ich bin arm und gequält, und ich will leben. Frei sein und leben! Schlafen will ich – Amen!

*

Ich kann nicht schlafen.

Der Mond!

Er steht jetzt auch über dem Wald. April ist es, da sind die Bäume noch fast kahl. Sie schütteln sich und erbeben bis in die Wurzeln. Der Wind lacht über die Erde hin, drohend und verheißungsvoll. Äste winden sich und knarren. Es klingt wie ungeheure Weissagungen. Zweige knacken und fallen raschelnd. Nachtvögel schweifen und heulen. In den schwarzen Tümpeln regt sich das Wasser, und die Unke kommt hervor, um das Mondlicht zu riechen. Sie hat goldene Augen. Alle Tiere der Nacht haben so ein seltsames Schauen. Es ist wie eine ewige, unergründliche Antwort, unheilvoll, grausam und still. Worauf antwortet ihr denn? Wer hat euch gefragt? Woher wißt ihr denn so viel, daß ihr des Nachts aus eurem Schlamm und aus euren Baumhöhlen hervorkommt und es verkündet – ihr traurigen Fledermäuse, Käuzchen, Kröten, Unken und Salamander?

Aus der gärenden Erde schäumt krauses, durchsichtiges Grün. Darin stehen die weißen Anemonen zwischen faulendem Laube und feuchtem Reisig. Sie zittern und flackern wie tausend kleine Lichter.

*

Sieh, wenn es Mai geworden ist – dann – dann ist die Nacht am schönsten in einem alten Park. Da gehen wir wie Verirrte durch den unermeßlichen Hochzeitsprunk des Lebens, wir können es kaum ertragen. Diese duftende, klingende, flimmernde Last von Liebe vergiftet uns mit ihrer wilden Süßigkeit.

Wir haben nur den Schrei, den Krampf, das Lachen kranker Menschenlust!

Hier ist das Paradies. Alles vergeht und verströmt in Liebe. Feucht und triefend von Schönheit ist der Atem der Nacht. Von allen Büschen und Bäumen tropfen helle Blüten, die vor Liebe gestorben sind. Ihr Geruch zerrt und nagt am Herzen, daß es vor Schmerz und Entzücken fiebert. Die Nachtigallen singen unaufhörlich – du – du – du – du – wie strahlende Blutstropfen sickert es herab auf den stummen Liebestod der Blumen. Dann kommt ein wirbelnder Katarakt von Wollust, es sprudelt, stürzt empor, prasselt und brandet und zerschellt jäh an einem scharfen, gleißend grausamen Triller. Und dann beginnt es wieder, ruhelos, süß und blutig – du – du – du – du –

Alle Wesen streuen ihr Dasein aus. Aus der Tiefe des Teiches kommen die Frösche herauf, und ihre schwirrenden, gurgelnden Rufe ballen sich über dem Wasser zu einem großen Gesang von den Wundern der Finsternis.

Der Morgen kommt.

Bess Brenck-Kalischer

Die Knäbin

Aus einem Brief

Der Zusammenbruch war ganz organisch. Nach der unglaublichsten Überspannung kam das Nervenfieber. Sie muß mit einer für eine Frau heillosen Energie Dinge in sich verschlossen haben. Außerdem muß sie teils mit Viechern, teils mit sehr kranken Menschen zusammen gewesen sein, die alle das Äußerste von ihr verlangten. Und sie muß sich ganz ausgegeben haben.

Immer wieder sprach sie im Fieber von einem toten Freund, der, wie aus ihren Reden hervorging, ein letzthin geistiger wie lebensunfähiger Mensch gewesen sein muß.

Bei einem Vaterkomplex, wie ich ihn ausgeprägter kaum je gefunden, durch Inzucht noch bestärkt, kam sie in ihre Heimatstadt und brach bewußtlos im Keller ihres alten Hauses zusammen. So weit ging ihre Sucht, sich zu verstecken. Auch heute ist ihr Benehmen von einer unerhörten Disziplin, kein Wort des Schmerzes. Immer vom ersten Augenblick des Erwachens aus dem Fieberzustande beherrscht. Und Schmerzen konnte ich ihr nicht ersparen. Sie dauernd unter Betäubung legen ging nicht bei ihr. Die Wunde, die sie sich gab, war infam. Ein einfacher Aderaufriß wäre weit weniger schlimm gewesen ohne die Sehnenzerrung.

Ich kann nicht vergessen, wie sie in dem dicken Glas hing. Dies war andererseits ihr Glück. Wäre sie hingefallen, sie wäre mir rettungslos verblutet. Harke nur ein in dem Mir. Du behältst recht mit deiner Prophezeiung, ich würde mir nur aus der Anstalt eine Frau holen. Sag doch selbst, welche sensible Frau kann das Leben, so wie es heute ist, ertragen, ohne seelisch krank zu werden.

Der Schnee fällt, fällt. Alles versinkt; nur die schwarzen Kreuze wachsen und ragen, wachsen auf. Riesengroß. Wie wob der Mond die Brücke? Millionen nackter Strahlen, Millionen Frauen tanzen auf silbernen Bögen.

Und abertausend rote Tropfen sickern in den Schnee, sikkern, sickern; sie tropfen aus den roten Schuhen der tanzenden nackten Frauen. Rot klickt, klickt in wirbelndes Weiß, und plötzlich in tollem Taumel springen die nackten Leiber in die Tiefe. Die roten Schuhe allein, die zusammenfliegen, wirbeln, wirbeln noch in der Luft mit den weißen Flocken.

Und Flocken und Herzen. Es waren ja zerschnittene Herzen, wirbeln zusammen in der Luft. Wirbeln, wirbeln.

Ich liege im Erker. Der Schnee fällt, fällt. Links über dem Fluß steigen die Lichter auf. Gleich läuten die Glocken der Petrikirche. Vom Verbindungsweg her klingen die Schlitten ling ling.

Das Läuten vom Verbindungsweg. Der Schnee fällt, fällt. Die roten Herzen zucken. Herzeleide. Meine linke Hand gleitet über meinen Schoß.

Das Mondlicht liegt auf mir. Die schwarze Binde hebt sich vom weißen Kittel. Seine Vorsicht ist grenzenlos. – Ich. –

Ich habe ein Klopfen überhört. Liegenbleiben, sagt er und beugt sich über mich. Hat er wirklich mein Herz geküßt, wirklich. Im gleichen Augenblick brennt das Licht. Er beugt sich noch einmal hinab, und löst, löst zum erstenmal die Binde.

Wir wollen einen Augenblick versuchen, 10 Minuten, eine Viertelstunde.

Wie seltsam, wieder zwei Hände im Schoß liegen zu haben.

Und der Schnee fällt, fällt.

Die Glocken vom Verbindungsweg läuten. Er verknüpft die Binde.

„Es wächst viel Brot in einer Winternacht", sagt er nur leise und geht.

Ich bin allein. Der Schnee fällt, aber unter der Decke des Verbindungsweges setzen die feinen, feinen Wurzeln schon das Grün des ersten Lindenblattes an. Ich sinke, sinke. Bis der Urwald klingt. Aus meinem Wurzelrot keimt eine weiße Blüte. Millionen toter Affen hüten sie. Aus grünen Hirnen rinnt Saft.

Ein alter Schädel singt:

Oh, meine Kinder,
ich sehe in weitgeöffneten Fernen
den singenden Gang und den Takt eurer Glieder.
Aber schaukelnd beschwört euch der Alte:
Wahret die Dichtung uralter Rhythmen
hüpfendes Leben, dem ihr entkamt.
Klinget Gehirne, die Glut des Verzweigten
uralte Wurzel, tastenden Glaubens.
Klinget Gehirne, und sinket zur Wurzel.
Oh, meine Kinder.

Warum machen Sie jetzt schon das Bett, Schwester? Befehl von oben, daß Sie um sieben im Bett liegen. Befehl von... Ich springe auf.

Er hat mir für die vier Tage, die er fort ist, einen genauen Stundenplan gegeben. – Er reist, und hat mir nichts gesagt. – Oh – er sagte, er sagte doch: Es wächst viel Brot in einer Winternacht. Und – er hat mir die Binde gelöst.

Ich liege ganz ruhig im Bett. Ein bißchen klopft mein Herz. Schwester, ich will heute ganz allein essen, nein, ganz allein.

Sie lächelte. Schwester, beklagen Sie sich nicht in der Küche über die Mühe, die Sie von mir haben. Beklagen, und sie lacht wieder; selbst die dicke Anna ist ja verliebt in Sie. Verliebt in mich? Ach –

Die Frauen in fünf drücken fast die Scheiben zur Parkseite ein. Sie soll auch heute nachmittag spazierengehen. Schwester Maria hat es gesagt.

Süht sei nich immer asen Jung ud mit dem witten Swetter und dem Pudel ub dat krus Hoor, ich seh ehr tau giern. Ob dei Arm woll weder ganz beter ward? Hei gift sich doch son Mäu mit ihr, segt Loore Niels.

Dor, dor, da kümmt sei mit dei Swester.

Alle drängen noch mehr vor. Da springt Hanne Katt, die bis dahin gelegen hat, auf, stößt alle weg, das kleine Ding, und schreit, schreit es laut:

Die Knäbin! Die Knäbin!

Dies Wort packt die kranken Frauen. Die meisten steigen in ihre Betten. Der Arzt wundert sich abends, daß fast auf allen Kurven erhöhte Temperatur ist.

Die Knäbin. Bevor Lea Wandrin zurück, ist das Wort schon im Pavillon eins. Beim Kaffee erzählt es die Schwester, Leas Herz setzt fast aus. Schwester, wieviel Frauen und Männer sind hier. Ungefähr siebzig Prozent Frauen, eher mehr.

Und wieviel kommen davon wieder hinaus? Die Schwester zuckt die Achseln.

Schwester, ich will einen Spiegel haben, einen Spiegel will ich haben. Sie wissen, es ist verboten. Ich will, Schwester, ich will. Ich sehe mich ja unten doch in den großen Scheiben. Die Schwester holt einen Spiegel aus dem Schwesternzimmer.

Ich sehe, ich bin fast nur noch Auge, und dann das kurze Haar. Siebzig Prozent. Mein Gott.

Der Spiegel liegt auf der Erde.

Verzeihen Sie, liebe Schwester. Verzeihen Sie.

Ich lege mich jetzt ganz ruhig in den Erker.

Ich liege. Die Stäbe der Fenster sind ganz verschneit, Eiszapfen hängen von den Dächern. Die großen Blutbuchen sind über beladen. Das Abendrot fällt in meinen Schoß; wie ein blasser Rubin hängt der Himmel über dem Garten. Die Eiszapfen klitzern, und der Schnee flimmert, flimmert.

Warum weine ich plötzlich so fassungslos?

In fünf flammen die Lichter auf. – Eine Irre hat gesagt. – Ich liege ganz still, schließe die Augen, nur mein Herz klopft, klopft.

Wie kommt es, daß er plötzlich vor mir steht. Wäre er's, er würde doch Licht machen, er würde doch. Aber er steht vor mir. Und plötzlich löse ich den Arm aus der Schlinge, und meine beiden Hände streichen leise über sein Haar. Wie ein schwarzer Mond liegt sein Kopf in meinem Schoß. Er atmet kaum und ich schließe die Augen. Du. Du.

Aber plötzlich zucke ich. Mein Blick fällt auf fünf. Oh Gott, stoße ich hinaus.

Kind, ich Kind, ich helfe euch ja, glaube doch einmal, und er streichelt immer und immer wieder meine rechte Hand. Glaube doch einmal.

Er zündet das Licht an. Er zieht mir die Fenster zu. Will dein wildes Herz sich schon wieder zerstoßen. Er bindet wie eine Mutter den Arm wieder an.

Dann mache ich meine Berufung rückgängig, und halte dich noch ein Jahr hier.

Mich welchem Recht.

Mit dem des Arztes.

Dummer Bub, was willst du eigentlich von mir. Ich bin ja doch gar keine Frau.

Törichter Knabe, ich bin ja doch Arzt. Vielleicht bist du noch ein kleines Mädchen. – – – – –

Blinde Sekunde. Ich – – – – Der Mann vor mir zittert auf. Ich – nicht ich – zwei Sterne reißen sich los, dringen ineinander, ich, nicht ich, dringen, fluten, ich nicht ich, dringen. Blut, Blut. Tot packt an – – – nicht – – –

Ich liege im Bett. Er steht vor mir, die Uhr in der Hand. Oh, Gott, ist er wieder Arzt.

Über sein blasses Gesicht fliegt ein Strahl. Nein, kleine Lea Wandrin, nun bin ich dein Mann. Mein –

Wie ein Gebet heben seine blauen Augen mich auf.

War ich lange ohnmächtig, er schüttelt den Kopf, doch lange genug für mich. Trotzdem ich es wußte, du – Liebling, meine kleine, meine Mädchenfrau. Ich schreib doch nicht nur Bücher. Ich lächle ganz wenig. Über Rückfallversuche und ihre Heilungen. Du – du.

Damals las ich zum erstenmal deinen Namen. Und. Kamst du meinetwegen her. Ja, ich wollte mit dir sprechen, suchte dich, wollte keinen Umweg mehr. Hast mich erst im Kolleg mal besehen wollen. Ja. Und wirst mir dann – er streichelt so sanft die rechte Hand. Ich hab nicht mehr weitergekonnt.

Kleine, kleine Frau, wir wollen...

Die Frauen in fünf warten heute, sie warten schon eine dreiviertel Stunde.

Endlich kommt sie mit dem Oberarzt. Sie ist heute im blauen Straßenkleid, der rechte Arm hängt in einer schmalen Binde. Die Frauen sind stumm, und zerdrücken sich die Nasen. Nur Hanne Katt fehlt. Sie ist in der Einzelzelle. Sie hat gestern abend plötzlich wie besessen geschrien: Dat Biest, dat Biest, hai sall nich, hai sall nich. Dies war zwischen sieben und acht Uhr abends, als schon alle den Schlaftrunk hatten.

Sie raste, und man mußte sie aus dem Saal bringen.

Die Frauen sind stumm, aus der Ordnung gerissen, sagen kein Wort.

Er öffnet ihr die Tür. Zum erstenmal seit Monaten tritt Lea aus den Anstaltsräumen wieder in die Welt. Unter ihnen am anderen Ufer liegt die Stadt.

Sie gehen schweigend zum Fluß hinab. Sie geht auf den Fährsteig, während er für kurze Zeit zu einem Kranken hinein muß.

Von der Stadt drüben stößt eben die Fähre ab. Wie oft, wie oft hat sie sie als Kind getragen; wie oft hat sie sich als Kind gewundert, daß diese paar Holzbretter so viel tragen können.

Sie erinnert sich plötzlich einer Kinderfrage, sie sah wohl zum erstenmal, daß auch ein großes Ochsengespann hinübergebracht wurde, und als sie die Mutter fragte, wieso denn die Fähre dies auch tragen könnte, hatte die sonst so beherrschte Frau gesagt: Oh, Frauen, und dann war sie steckengeblieben.

Wie seltsam, daß ihr dies gerade eben einfiel. Sie ging einen Augenblick ins Fährhaus. Menschen und Tiere wurden ausgeladen. Dann trat sie wieder allein auf den Steg.

Vom Meer, oh, es war ja nah, kam ein weicher Westwind. Das Wetter war die Nacht umgeschlagen. Die untergehende Sonne lag auf den sieben Türmen der alten Stadt, ihrer alten Stadt. Die rote Sonne fiel in den Fluß und zerbrach, zerbrach in tausend einzelne Herzen.

Sie sah die Herzen der Mütter aufbluten, Tropfen auf Tropfen fiel und wartete auf etwas zum Treiben. Und siehe. Der erste Nebelstreif über dem Fluß band die sieben Türme zusammen. Und ein großes stummes Rad lag über dem Wasser. Und die tausend roten Herzen flossen auf. Und das Rad drehte sich. Die Mühle fing langsam an zu mahlen.

Er war neben sie getreten. Wie sie sich fühlten.
Die Stadt vor ihnen verschwand.
Dann gingen sie Hand in Hand gelassen dem Irrenhaus zu.

Grete Meisel-Heß

Die Lösung

Da war kein Ausweg mehr.

Das war das Chaos – unentwirrbar, unentrinnbar.

Da blieb nur der letzte grausige Sprung – mittendurch – ins Nichts.

Sie hatte ihr ganzes Vermögen verloren. Die Bank, wo ihr verstorbener Gatte es angelegt hatte, war an einem einzigen fehlgeschlagenen Industrieunternehmen zugrunde gegangen. Sie stürzte krachend zusammen und unter ihren Trümmern lagen zerschmetterte Leichen.

Ganz Europa blickte auf die Katastrophe, welche die weitesten Kreise in Mitleidenschaft gezogen hatte und durch eine erschreckende Anzahl von Selbstmorden illustriert worden war.

Auch ihr blieb nichts anderes übrig als der Selbstmord.

Erst nach langen dumpfen Wochen war sie zu diesem Bewußtsein gekommen. Anfangs hatte sie das nicht begriffen. Denn sie hatte doch weiter ihre hübsche, kleine Wohnung, die warmen, behaglichen Zimmer, das treue Mädchen, das sie bediente. Aber plötzlich war kein Geld da. Es kam auch keines. Ja so, die Bank hatte ja falliert. Und sie hatte ihr ganzes Vermögen verloren.

Ihre Familie war die einer Stiefmutter, die, ebenfalls verwitwet, mit ihren Kindern in der Provinz lebte. Dahin konnte sie nicht.

Also hieß es irgendeine Stelle suchen, von der sie leben konnte. Denn man mußte doch Einkommen haben – monatlich, regelmäßig, sicher.

Irgendeine Stelle... die suchen alle „gebildeten" Frauen, die plötzlich verarmen. Ein bißchen Klimpern, Stümpern und Tändeln – damit sollen diese Unseligen aus den verschlossenen Erzadern der Welt das Gold herausklopfen, das man braucht, um diese Zellen zusammenzuhalten.

Und in diesem „*irgendeine Stelle*" liegt der ganze Jammer der unqualifizierten Arbeit.

Sie hatte also begonnen, die Annoncen zu lesen: „Comptoristin mit böhmischer Sprache...", „Damen mit großem Bekanntenkreis...", „Fräulein, bewandert in Kinderpflege...", „Redegewandte Verkäuferin aus der Metallwarenbranche...", „Feine, verläßliche Stütze...", „Sympathisches Fräulein zu einzelnem Herrn...", „Jeune et jolie menagère...", „Bescheidenes Fräulein... zu vier Kindern... Lyzealunterricht... dreißig Kronen..."

O Elend, Elend! Schlaff sanken ihre Hände herab. Die Augen wurden leer.

Auch an ihre Malerei dachte sie. Aber damit hatte sie noch nie Geld verdient. Wohl hatte sie erstaunliche Fortschritte gemacht in den wenigen Jahren, seit ihr Gatte gestorben war. Früher hatte sie die Pflege des kränklichen Mannes zu sehr in Anspruch genommen. Dann, als sie einsam zurückblieb, war sie sich ihrer jungen Kraft bewußt geworden und des sehnlichen Wunsches ihrer Kindheit. Und sie war die Schülerin eines lange verehrten Meisters geworden – stolz und froh, daß er sie angenommen hatte. Sie hatte auch hie und da schon ein bescheidenes Bildchen ausgestellt und freundliche Worte geerntet. „Ihr Zeichentalent ist bedeutend", hatte der Meister gesagt, „und gerade das ist selten; aber es fehlt Ihnen noch an Sinn für das Malerische, für interessante, malerische Probleme. Sie sollten dem nachgehen und dann etwas Größeres arbeiten, etwas, das man nicht übersehen kann..."

Auch das war vorbei. Es gab für sie nichts mehr zu *tun* – nur noch zu *leiden*. Der Schlag, der sie so unerwartet getroffen, hatte das Leben in ihr zum Erstarren gebracht. Mit toten Blikken sah sie zu, wie die hübsche, warme Wohnung langsam zersprengt wurde. Erst kam das Silber fort, der Flügel, die Teppiche, die Bilder, dann die überflüssigen Möbel.

Jetzt stand nur noch ihr Schlafzimmer. Und auch das sollte morgen fortgetragen werden, da das „Viertel" zu Ende ging und sie die Wohnung räumen mußte.

Da war sie hinausgegangen auf die Straße. Es war ein strahlend goldener Herbsttag. Mitten in den eleganten flutenden Korso der Großstadt war sie hineingetaucht, – und da hatte sie gefühlt, wie die Wellen über ihr zusammenschlugen. Da um sie herum war das Brausen des Lebens. Sie aber hatte kein Teil daran.

Denn in ihr war alles tot und still.

Und während sie durch die glänzenden, bewegten Straßen ging, sah sie nur immer einen einzigen, weißen, unbeweglichen Punkt. Durch die bunte, rauschende Menge schritt sie hindurch – und da wurde er größer und größer. Und näher und näher kam sie dem Ziel: das war fahl und endlos, sanft und still – eine weiße, selige Öde...

Wie lange dieser Spaziergang dauerte, wußte sie nicht.

Endlich überraschte sie der Abend. Sie spürte eine feuchte Kühle ihre Kleider durchdringen, bleiche Auerlichter leuchteten trüb durch den Nebel, der die Stadt durchdrang und alles Bunte, Glänzende, Verschiedene mit grauer, feuchter Eintönigkeit umhüllte.

Da lenkte sie die Schritte nach Hause.

Vorher aber ging sie in ein hellerleuchtetes, glänzendes Stadtgeschäft und kaufte die Waffe. Ihr Portemonnaie war schwer von Silbergeld. Es war der Erlös für die kleine Salongarnitur, die sie gestern davongetragen hatten. Viele, viele schwere silberne Gulden rollten über den Ladentisch, als sie den Revolver bezahlte. Hastig strich sie sie zusammen: war sie denn nicht närrisch? Das war doch viel schweres Geld, das sie da hatte, eine lange, blinkende Reihe von Gulden – zwanzig, fünfundzwanzig, dreißig, sechsunddreißig silberne Gulden, – die waren schwer im Kleide zu schleppen.

Sie lachte plötzlich laut auf, zahlte, ergriff das kleine, leichte Päckchen und ging schnell davon.

Aber in der dunklen, einsamen Straße, die sie nach Hause führte, strömten ihre Tränen – verborgen unter dem dichten Schleier – lautlos und ununterbrochen, bis sie ihre Wohnung betrat.

Sie sperrte auf. Und aus den halbausgeräumten, frostigen Zimmern kam ihr wieder das Grauen entgegen. Ganz allein war sie in der Wohnung, denn das Mädchen hatte sie längst verlassen.

Sie öffnete schnell das Bett und warf die Kleider ab. Ihr Körper zitterte vor Kälte. Das Geld und die Waffe legte sie auf den Tisch neben dem Bett; dann zündete sie die Kerze an, versuchte wie alle Abende, bevor sie sich niederlegte, ob der Gashahn und die Türen gut versperrt und die Fenster fest verschlossen waren. Sie rüttelte an den Fenstern und sah dabei in die stille Gasse hinaus. Die lag ganz einsam da. Nur ein Schatten streifte drüben an der Wand vorbei.

Sie war so allein in der Wohnung – und die lag im Parterre. Ein Angstgefühl schlich an sie heran.

Zitternd legte sie sich zu Bett. Wie war das weich und warm und federnd. Eine Nacht noch sollte sie darin schlafen. Und morgen... sie tastete nach dem Revolver. Nur nicht jetzt in der schwarzen Nacht. Morgen früh, im Lichte der Sonne!

*

Ihr Herz klopfte stark und unruhig in der Finsternis. Grüne und rote Kugeln tanzten vor ihren Augen. Aber sie wurden blasser, und endlich war alles fahl – weiß – verloren – – – –

Plötzlich hörte sie ein Geräusch. Kam das nicht vom Fenster? Nein, das kam da vom Tische her. Ein schwarzer Schatten stieg riesengroß in der weißen Öde empor.

Das war ein schwarzer, riesiger Mann mit Augen wie Feuerkohlen. Er stand mitten in ihrem Zimmer und spielte mit roten und grünen Kugeln. Dann – horch! Er trat zum Schranke, riß alle Laden auf und durchwühlte sie... Er suchte nach Geld. „Da ist es, lieber Mann, neben dem Bette auf dem Tische... viele glänzende, silberne Gulden... schweres... zentnerschweres Silber, soviel... nimm es fort... aber töte mich nicht!...“

Zu spät! Ein Messer blitzt durch die Luft. Er tritt an ihr Bett, sie will schreien, herausschreien all das namenlose Entsetzen... da dringt der Stahl hart und eisig in ihre Kehle, ein Blutstrom schießt empor.

Mit einem gellenden, entsetzlichen Schrei fuhr sie empor. Hin zum Fenster stürzte sie und riß es auf.

Das Morgenlicht strömte herein, und der Tag überflutete sie mit seinem Glanz.

Bebend und schluchzend sank sie zu Boden, und in namenloser Seligkeit streckte sie die Arme zum Licht.

Heiliges Leben – heiliges Leben!

Halb weinend und halb jauchzend richtete sie sich auf. Sie betastete ihren jungen Leib, der war warm und lebendig und ihr köstlich Eigentum.

Und die Gruft, in der sie gelegen seit Wochen, seit der Schlag auf sie niedergesaust, die war zersprengt.

Der Wille war auferstanden.

Da stand sie – noch immer bebend vor dem Schrecken des fürchterlichen Gesichtes – vor dem Grauen des Todes, an dem sie vorübergegangen...

Sie sah sich selbst in dem großen Spiegel, in ihrem weißen, wallenden Hemd.

Sich selbst – sich selbst hatte sie wieder – die süße Wärme, das klopfende Herz, den blühenden Leib, die strahlenden Augen, die ins *Licht* blicken durften, in die goldene Sonne!

Und der schwere, schwarze Vorhang, der sich auf sie niedergesenkt hatte vor vielen Wochen, rauschte zurück.

Und sie sah das Leben, sie sah die wahre, große Gefahr, der sie entronnen war: die lag nicht im Verluste des Materiellen.

Aber sie lag in der Zerknickung des Willens, des Willens zum Kampf, zur Aktivität!

Und sie begriff: Wenn *der* wieder in uns aufersteht und seine Locken schüttelt, dann sind wir gerettet, dann finden wir Mittel und Wege uns zu erhalten und durchzusetzen.

Lichtüberflutet stand sie da, das Gesicht überströmt von seligen Tränen. Durch das offene Fenster brauste der Morgenwind und ließ ihre Haare flattern. Und plötzlich sah sie das Bild, das sie lange gesucht, das malerische Problem, das ihr Meister von ihr gefordert: ein Weib, wie sie selbst, so nackt, so jung, so arm und umtost vom Sturm, der sie an den Haaren zerrt. Aber in ihren Augen sprüht der Triumph, und gegen Wind und Wetter schwingt sie hoch in der Luft einen grünen Zweig.

Das wollte sie ihrem Meister sagen, für den sie seit Wochen verschollen gewesen, – gleich heute. Sie wollte ihm erzählen, was über sie gekommen war, und wie sie schon beinahe in dem Chaos versunken gewesen, weil sie nirgends die Lösung gefunden.

Nun war sie ihr dennoch gekommen, von wo sie sie am wenigsten erwartet: aus Traumland, wo die geheime Wahrheit der Dinge wohnt, die, uns selbst verborgen, sich nur über die Schwelle des Bewußtseins wagt, wenn Wünsche und Begierden schlafen.

Gutti Alsen

Die kleine Puppe

Sie schlief noch tief unter dem bleichen Vorhang des Unbe-
wußtseins, als der Ruf „Eine kleine Puppe!" zum ersten Male
zu ihr hinabfiel. Dieser Ruf, der wie ein Etikett an ihr kleben
blieb. Von dem Tage, da er ins Dunkel ihrer nebelblassen Vorstellungen geflossen war, bis zu jenen Zeiten ihres Daseins, auf
denen die Stürme lagen.

Die Locken hoben sich wie goldene Flügel in die Winde,
wenn sie spielend durch den Garten ihres elterlichen Hauses
flog. Am schlanken Gegitter standen die Leute still auf ihren
Werkeltagswegen, fielen in Träume vor der Kostbarkeit dieser
sonntäglichen Anmut. Und flüsterten: „Eine kleine Puppe!"

Das spitzenumwehte Kind auf dem Schulhof schenkte mit
glühroten Lippen und vorgestreckten Händchen von ihrem
Überfluß an die Mitlernenden. Sie nahmen es hin, gaben neid-
hafte Blicke auf ihre süße Zierlichkeit. Ihr aber schmeichelten
sie: „Du kleine Puppe!"

Lehrer und Lehrerinnen trugen mit harten Mühen Steine heran, um die tiefen Spalten ihrer Unwissenheit anzufüllen. Lächeln und siegendes Strahlen im Auge, widerstand das Kind
allen Versuchen seiner Gönner. Und bei jeder Zeugnisabgabe
hörte sie mitleidigen, nachsichtigen oder gestrengen Tones das
alte Wort.

Die Knaben der Nachbarschaft, die Schüler auf den Straßen
wurden rot und blaß, wenn das Kind sie im Vorüberstreifen mit
seinem bauschigen Röckchen, mit seinen Blicken anrührte. In
einem Alter, da andere Mädchen vom werdenden Jüngling nur
mit Verachtung und Haß bedroht sind. Und vergehend hauchte
es gar zu oft neben ihr: „Süße, kleine Puppe!"

Die Schule schloß sich zu. Die Türen des Lebens sprangen auseinander. Ihre Freundinnen litten Nöte der Liebe, der Enttäuschtheit, des Verzichtes. Ihr blieben solche Trauernisse fern. Sie spielte weiter auf den Fluren der Freuden und der Sorglosigkeiten. Die Partner stiegen aus grauen Tälern, von grünen Hängen zu ihr hinauf und nieder, harrten der Pausen, um sie zum nächsten Spiel zu gewinnen, und sprachen lichtblaue und rosenrote Sachen. Lächelnd und weitertanzend nahm sie einen dieser Gefährten fürs Leben an. Die Geburt eines Kindes und eines zweiten zwangen ihr flüchtige Wochen des Zuhauseseins auf. Sie trugen ihr Gäste zu, mehr als Stunden dem Tage werden.

Die Menschen zu ihren Seiten lebten riesenhafte Taumel in Haß und Lüsten. Und sahen grelle Träume. Erfindungen brachten eine Welt zum Erschüttern. Phantastische Probleme fanden niegeahnte Lösung. Ihr Geschlecht tastete sich aus der Engheit finsterer Schlünde in langen Jahren zu einer Pforte hin, die weiten Ausblick auf Äcker und Ernten gab. Völker zerfleischten sich und erstanden. Neue Weltordnungen wurden verkündet, befehdet, bejauchzt, gelästert. Armut und Unterdrückung pochten mit beinernen Fingern an das Gewissen der Bevorzugten.

Sie lebte ihre Tage fort im Reiche Ohnesorgen, umschmiegt von Seiden und Zärtlichkeiten. Gab ihren Gästen Spiele und Feste, bei denen die Brunnen der Freude flossen. War helle Mitte eines Kreises von Anbetern und Freunden. Und spendete dem Elend mit offenen Händen, ohne zu fragen, weshalb und wozu.

Sie hütete ihre Kinder wie köstliches Spielzeug. Und trauerte, daß sie zu zweit nur blieben. Immer weiter aber strömten aus Tagesgelärm und dem schwarzen Rauche der Stadt Abendgäste ihr zu. Frauen und viele Männer, junge und alte, die ein paar Stunden aus den dunklen Wassern des Wissens und Müssens emportauchten, um Atem zu holen.

Die Hausangestellten, die Lästerzungen, die Horcher und Neider lachten hinter ihnen und ahmten die weglegende Gebärde des Besuchers beim Fortgehen nach. Diese Gebärde, die das Wort von der kleinen Puppe versinnbildlichte. Und viele sagten heimlicherweise Dinge voll eines Giftes, für das noch kein Gegenmittel gefunden ward.

Der Sohn ging zur Hochschule. Die Tochter, kaum aufgeblüht, mit einem Gatten fort. Schon in Morgenfrühe lud die junge Mutter so flügger Kinder fremde Knaben und Mädchen in ihr tagstummes Haus. Sie brachte sanftäugige Säuglinge von den Plätzen heim und lebte in ihnen das erschauernde Erwarten ersten Muttergefühls wieder wach.

Allmählich blieben die Damen am Abend aus. „Sie war und ist zu sehr Puppe!" tuschelte die neue Frau ihrer Genossin zu. Die Männer aber sahen durch die seidigen Falten der Kleider die zarte Schmächtigkeit ihres Körpers zergehen. Und auch ihre Zahl verschmälerte sich.

Bisweilen spähte sie selbst mit geweiteten Augen und verbleichtem Munde den Linien ihrer Glieder nach. Doch Tag und Abende blieben zu voll, zu rot des Lebens, um sie fahlen Gedanken nachhängen zu lassen.

Nach und nach aber geleiteten diese Gedanken sie in das Spiel ihrer Tage, hingen sich schwer davor und scheuchten sie zurück in ihren Ankleideraum. Sie nahm die Qual der Verjüngungsversuche auf sich. Stumm und allein... Die Jahre siegten.

Immer hartstirniger stemmte sie sich der Versehrung ihrer Schönheit entgegen. Sie legte sich peinvolle Kuren auf und duldete vielen Unfug an ihrem Leibe. Aber sie sah es: Hüften und Busen drangen dennoch auseinander. Den Hals zernagten tiefe Risse. Die Haut gilbte und verrunzelte wie ein sommerverbranntes Blatt. Der Augenglanz starb hin...

Sie bildete ihr Hauswesen um. Die Fenster wurden mit dunklen Vorhängen zugetan, die Besucher abgelehnt. Sie lebte im Düster halbfinsterer Räume, und ihre Tage verfielen in Schweigen und Einsamkeit.

Die Kinder kamen als Gäste heim, reisten ab. Sie achtete dessen kaum. In schwerer Trägheit siechten ihr Wochen und Monde vorbei. Eines Tages brachte der Gatte den Arzt mit. Der sprach von Heilstätten. Sie sollte die Abreise richten.

Als er dem Ehemann am nächsten Tage einen Spezialisten zuführte, blieben ihre Räume zugeschlossen und jeder Ruf ungehört. Handwerker erzwangen den Eingang.

Die Vorhänge des Zimmers waren gewaltsam abgerissen. Hochgelbes Mittagssommerlicht wiegte das Zimmer und die Frau vor dem Spiegel, deren halbbloßer Körper aus schwarzen Schals schien. Sie stand ihrem Spiegelbild zugeneigt und schlug klatschend mit beiden Händen ihre welkenden Wangen. Wie die drei Männer im Glase ihr näherkamen, wandte sie sich und schritt ihnen mit tänzelnden Lenden und Füßen entgegen.

„Bin ich nicht schön?" fragte ihr zuckender Mund und hatte ein krankes Lächeln bereit.

Die Augen aber schrien alle Marter irdischen Vergehens. Der Nacken beugte sich, als erdrücke ihn das schwarze Kreuz des Weibtums. Wie ein Heiligenschein umstanden silberne Haare ihr Haupt und gaben ihr die ganze Größe menschlichen Schmerzes, von dem ihr Sinn nichts mehr wußte.

Lola Landau

Die Verwandlung

In dem breiten Toilettenspiegel glänzte das weiße Zimmer noch einmal, nur daß es in dem beweglichen Glas schräg niederfiel und Eva Richter beim Hineinsehen den Eindruck hatte, sie liefe auf dem hellrosa Teppich einen Abhang hinunter. Sie selbst? Nicht doch, eine fremde ärmliche Person mit schweren Stiefeln zertrat die Blumen dieses Teppichs. Der Blick des jungen Mädchens glitt erstaunt an dem Zerrbild ihrer verkleideten Gestalt entlang. Ihre wohlgepflegte Hand betastete ungläubig diese grünkarierte Bluse, diesen schweren Rock, das graue zerstopfte Umschlagetuch, das festgedrehte zurückgestrichene Haar. Lautes Lachen quoll auf. Die Verwandlung war gelungen. Sie erkannte sich selbst nicht wieder. Kein Arbeiter konnte sie heute abend in der Versammlung erkennen: als die andere aus der anderen Welt, die Verwöhnte vom Schlaraffenland. So wollte sie es haben. Endlich einmal unauffällig in der Masse sich lösen, bis ihre junge Wissenslust sich mit diesem Erlebnis vollsaugte und die aus der Tiefe hochstürzenden brennenden Ideen im Ursprung begriff. Es war ein Experiment. Sie fand das Leben sehr reich.

Ihr eigenes Lachen erinnerte sie an die andere Eva Richter, wie sie erst kürzlich vor demselben Spiegel zu einem Maskenfest sich geschmückt hatte: emportauchend als glitzernde Nymphe mit wassergrünen Smaragden auf dem weißgepuderten Halse. Eine andere Verkleidung. Worin unterschied sie sich von der heutigen? „Alles Maskerade", dachte die Maskierte. Es gibt Elend. Aber selbst das Elend muß sich elender schminken, um Eindruck zu machen. Überall Bühne. Überall ein Podium, von dem erhöht ein Mensch seine übertriebenen Gesten in das

Publikum hineinspielt. Dann klatschen die Menschen. Sie klatschen immer. Sie würden bei Begräbnisreden klatschen, wenn es erlaubt wäre. Maskiert sich nicht sogar tiefste Trauer? „Alles Verkleidung."

Dabei zog sich Eva Richter das graue Umschlagetuch fest um die Schultern, besah sich noch einmal im Spiegel und ging auf die Straße. In dem fleckigen Licht der Laternen blitzten die Gesichter der Vorübergehenden auf. Vor dem Gitter eines Hauses lehnte ein Bettler. Es sah aus, als hinge er leblos an den Kreuzen der Gitterstäbe, nur daß eine große Tafel mit der Aufschrift „Blind" alle laut um Mitleid anschrie. Eva Richter griff unwillkürlich nach ihrem Portemonnaie. Sie kannte diesen Bettler schon, dem sie oft ihr überflüssiges Kleingeld auf den Teller geschüttet hatte. Aber diesmal zuckte ihre Hand zurück. Wie konnte sie in diesem Anzug der Armut ein Almosen hinwerfen? „Dieses wärmende Glück des Gebens muß ein Armer entbehren", dachte die Wohlhabende unter ihrer Maske. „Geben ist seliger denn nehmen. So werden also die Reichen durch Geben noch reicher im Gefühl ihres Reichtums, die Armen nur ärmer im Gefühl ihrer Armut. Welche Wohltätigkeit!"

In ihre Grübeleien rasselte die ansausende Elektrische hinein. Menschen stießen sie in den engen überfüllten Gang der Bahn vorwärts. Auf einem Sitzplatz bemerkte sie einen jungen Bekannten, der sie in Gesellschaften eifrig umworben hatte. Sie lächelte bei der Vorstellung, diesen Herrn vor ihrer veränderten Erscheinung kerzengrade aufspringen zu lassen. Doch gab sie sich nicht zu erkennen. Eine merkwürdige Haßempfindung lebte in ihr gegen diesen Menschen auf, während sie ihn aufmerksam betrachtete. Er war ihr widerwärtig, dieser bequeme, breitdasitzende Herr, dieses rote gesunde Gesicht hinter der Zeitung, dieser Schlips, diese großen Hände in braunen Glacéhandschuhen. Fast körperlich abstoßend empfand sie ihn. Was

war das? Sie hatte ihn immer als gutherzigen Menschen ge-
schätzt. War es die Abneigung ihrer dürftigen Tracht gegen
seine Gepflegtheit? Der Haß des Kleides gegen das andere
Kleid? Ihr erstarrtes Auge traf durch die Scheiben graue Häuser, kahle lange Straßen. Es schien immer dieselbe kahle baum-
lose Straße, die sich an der Bahn vorbeidrehte. Immer dieselbe
Häuserreihe. Als sie den Kopf zu dem Bekannten zurückwand-
te, war sein Platz leer.

Sobald die Bahn einen anderen Stadtteil durchkreuzte, wech-
selte das Publikum, Einwohner einer anderen Stadt füllten den
Wagen. Fabrikarbeiter und Arbeiterinnen mit ihren blauen
Blechkannen, die laut aneinanderklapperten, drängten sich
zusammen. Auf dem Eckplatz, wo Eva den Bekannten erblickt
hatte, schlief jetzt ein älterer Mann, den Kopf auf der Brust,
wie ein Toter. Sie selbst saß neben einer Arbeiterfrau, die ein
schweres Wollpaket auf dem Schoße hielt. Erst allmählich
bemerkte sie, daß es aus diesem Stoffklumpen herausschrie.
Als auf ihre Bitte die Frau einen Zipfel des Tuchs lüftete, sah
sie in das vom Schreien ganz zerquetschte Gesicht eines elen-
den Säuglings.

„Es hat die Krämpfe", erzählte die Mutter. „Jetzt fahre ich
mit dem Wurm zum Doktor."

Eva beugte sich mitleidig über das winzige Gesicht.

„Wenn nur die Krämpfe hier nicht wiederkommen", meinte
sie.

Die Frau zuckte die Achseln. „Es wird nich lange mehr machen. Das Gejammre Tag und Nacht, und man kann auch nicht
immer dabeisteh'n."

Eva versuchte zu trösten. Vielleicht konnte der Arzt das
Kind retten. Die Frau schüttelte den Kopf, ohne daß sich der
entsetzlich müde Ausdruck ihrer Augen veränderte. „Es wird

nich lange mehr machen. Vielleicht is es besser für das Wurm. Ich kriege meine andern drei kaum satt."

Eva dachte erbittert: „Also selbst Gesundheit ist für Geld zu kaufen." Dabei verkrochen sich ihre weißen manikürten Hände tiefer unter dem Umschlagetuch.

„Drei Jahre verheiratet. Vier Kinder", sprach es neben ihr.

„Wie alt sind Sie?" fragte sie plötzlich ihre Nachbarin. „Achtundzwanzig."

Da erschrak Eva tief. Die Frau sah aus wie fünfzig Jahre. Alle Jugend war entwichen aus diesem glanzlosen Haar, dieser gelblichen Stirn, durch die tiefe Furchen wie Risse hindurchgehen. Aus dieser flachen Brust, dem verdorrten Mund. Ihre Hände, die das Kind hielten, waren knochige Greisenhände.

„Jemand ohne Fahrschein?" rief der Schaffner. Die Frau suchte in einer Tasche nach dem Zehnpfennig, während sie mühsam das Bündel auf den anderen Arm schob. Für diesen Augenblick nahm Eva ihr das Kind ab. Ein unerträglicher Geruch, den die Tücher ausdünsteten, schlug ihr ins Gesicht. Sie atmete ihn ein, er biß in ihre Augen, haftete an ihren Kleidern, drang durch den Stoff in die Poren ihres Körpers. Dieser Geruch aus Schweiß, Schmutz, ungelüfteten Zimmern hüllte sie ganz ein. An ihrem eigenen Leibe trug sie ihn nun, sie konnte diesen Geruch nie mehr abwaschen. Niemals.

Die Bahn hielt wieder. Die Walze einer riesigen Menge schob sie eine breite Straße hinab, durch die zugige Tür eines Gebäudes in den Versammlungsraum. Der große Saal schwamm in einem gelbgrauen Qualm von Tabakdunst. Durch die Rauchschwaden sehen sich alle Gestalten in einem fernen undeutlichen Nebel. Tausende von Köpfen verwuchsen zu einem formlosen Klumpen. Von einer Erhöhung schallte die laute Stimme des Redners, der hinter dem Nebel unsichtbar sprach, wie von einer gelben Wolke herab. Es war eine klare kräftige Stimme. Eine Stimme, die irgendwoher, von einer Höhe kam, und jetzt sah Eva auch, wie unten lauschend die tausend Köpfe sich hin- und herbewegten. Es war, als ob diese Stimme der Masse mit ihren Worten ein Seil zuwarf, das sie fassen sollte, dieser Masse, die in graugelbem Qualm beinahe erstickte. An diesem Seil hielten sie sich fest, zogen sich herauf, klommen stöhnend aus dem Dunst der Tiefe empor. Dann gab es Schreie, Lärm, Gebrüll. Und die Verkleidete lärmte, schrie, brüllte mit in die Höhe. „Laßt uns das Seil fassen", dachte sie. „Wir können nicht ewig in dieser rauchigen Luft leben." Dann bekam sie einen Hustenanfall. Ihre Augen tränten. Halb ohnmächtig schleppte sie sich aus dem Saal.

Sie läuft durch die kahlen Straßen, ziellos, nur um heftig die frische Luft einzuatmen. Aber immer atmet sie den üblen Geruch, der aus ihren eigenen Kleidern ihr ins Gesicht schlägt. Wohin? Nach Hause. Wo ist sie zu Hause? Vielleicht hier in diesem grauen hohen Mietskasten. Hat sie nicht immer hier gelebt? Ist das andere Leben nicht der Traum einer überhungerten Nacht? Ja, dort oben wohnt sie. Hinter dem Fenster des dritten Stockwerks. Und nun muß sie hinauf in die eiskalte Stube und auf dem Bettrand ihr Abendbrot essen. Und morgen früh um sechs Uhr wieder aufstehen, vor Kälte zitternd, wenn sie sich in der kleinen, zerschlagenen Schüssel das Gesicht wäscht. O, sie sieht das Zimmer sehr deutlich. Jetzt kommt sie an einem Konzerthaussaal vorüber, aus dem Herren und Damen mit angeregten Gesichtern herausströmen. Neid würgt sie, Haß gegen die Begünstigten. Wie sehnt sie sich still, ganz still, mit gefalteten Händen auf einer Bank zu sitzen und Musik zu atmen, berauschende Musik, nicht immer diesen Geruch ihres Körpers, der nach Hunger, Elend und Not riecht. Da spürt sie eine Männerhand auf der Schulter. „Puppchen, kommst du mit?" Sie wendet sich um, sieht den gierig geöffneten Mund des Mannes, reißt sich los, schreit, läuft, jagt die Straße entlang, springt auf eine Bahn, springt ab, läuft, flieht, flieht, bis sie die Tür ihres Zimmers erreicht hat.

Das Zimmer glänzt weiß. Eva Richter sieht sich im Spiegel entgegenkommen, eine fremde ärmliche Person im grauen Umschlagetuch. Sie sieht sich im Spiegel, wie sie auf dem hellrosa Teppich einen Abhang hinunterläuft, hinabrasend in eine unbekannte grundlose Finsternis. Mit wilden verwirrten Blicken mustert sie die Gegenstände des Zimmers. Jetzt erscheint sie sich wie eine Einbrecherin, die in die Wohnung der Wohlhabenheit gedrungen ist und sich gehässig umsieht. Auf dem Bett liegt noch ihr Frisiermantel, dort stehen die seidenen Hausschuhe, auf dem Toilettentisch blinkt es von Silber. Eva Richter hebt mit zwei Fingern das leichte Spitzengewebe des Frisiermantels hoch. „Meine Haut", denkt sie, „die ich vor ein paar Stunden abgelegt habe. Wenn ich diese Haut wieder über meinen Körper straffe, wenn ich diese Haut wieder über meine Seele ziehe, habe ich andere, halbblinde Augen, sehe und höre anders, habe ein Herz, das mit weißem Silber überzogen ist. Aber noch klebt diese fremde Haut auf mir, Armut, Geruch des Elends, eine Haut, die ich nie mehr abwaschen kann. Und ebenso Dumpfheit und Haß gegen alles, was schön und silbrig glänzt. Eine andere seelenlose traurige Haut, die das Menschenherz zuklebt. Ungerechtigkeit auch hier. Überall. Arme und Reiche verstehen sich niemals, nie!"

Aber mit diesem Tage begann die Verwandlung ihres Lebens.

Nadja Strasser

Das Ergebnis

Im Stadtpark war es; hier in einer seitlichen Allee saß sie, die junge dunkle Frau mit ihrem schönen kleinen Knaben.

Das Kind hat eine Stunde lang auf dem Kiesweg ein stampfendes, schnaubendes, pfeifendes Lokomotivendasein geführt. Dann wurde es müde und ging zu seiner Mutter. Es streckte seine müde gefahrenen Beinchen auf die Bank, legte das Köpfchen in den Schoß der Mutter. Seine nackten Knie waren braun; seine Haare schimmerten wie dunkelbraune Seide. Es hat die schwarzen Augen mit hellem Blick in die Ferne gerichtet und hörte rotwangig zu, was ihm die Mutter erzählte.

Ein junges Paar ging Arm in Arm vorbei; sie blieben stehen, und ich hörte die Dame leise rufen: sieh her, dieses Bild – wie entzückend!

In der Tat, es war entzückend, dieses Bild; von jener rührenden Schönheit, für die die Menschen noch einst Augen hatten, damals, als sie noch nicht so unnatürlich viel beschäftigt waren, als mit der Vorstellung Mutter nicht   eine, die sich rackert, ein für allemal fest verbunden war; als man in Müttern zuweilen noch Madonnen gesehen hatte.

Diese hier sitzende junge Mutter mit Trauer in den Augen war aber auch nur eine alleinstehende Frau von heute: eine, die es gewagt hat, freiwillig darauf zu verzichten, eines Gatten Gattin zu sein.

Einmal erzählte sie mir: „Ich hatte das Glück gehabt – oder soll ich es Unglück nennen? –, in einem warmen Elternheim Kind zu sein. In diesem Heim hatte es keine Herrscher und keine Beherrschte gegeben. Dort habe ich kein Unterkriegenwollen und kein Untergekriegtsein gesehen. Dort gab es niemand, dessen Aufgabe es war, den andern mürbe zu machen. Das war aber, wie es mir später klar wurde, der Fehler in meiner Erziehung, der mich hinderte, eine gute Gattin zu sein.

Ich vermochte es nicht hinzunehmen, daß mein Mann nur mir gegenüber von den Bräuchen und Gepflogenheiten eines unserem Bildungsgrad gemäßen Verkehrs Abstand nahm. Diese Art Familiarität kapierte ich nie.

Ich verstand nicht, warum ich Befehle entgegennehmen mußte, wo er andre bat.

Ich bekam schon immer einen widerlich-faulen Geschmack im Munde, wenn in meiner Nähe jemand mit schreiender Stimme sprach, weil er ,nervös' war oder nicht gut geschlafen hatte. Und erst recht, wenn ich diesem Jemand nicht sagen konnte: ,Bitte, verlassen Sie mein Haus', denn es war sein Haus.

Ich wußte damals nicht, daß in der Kindheit erlebtes Unheil im Menschen wie die Krebskrankheit weiterwuchert. Ich wußte nicht, *wie* sich Elternschuld am Menschen rächt. Es war das Lebensverhängnis meines Mannes, daß er ein Vaterkonto zu begleichen hatte. Aber ich – warum auch ich?

Ich hatte als Tochter gelernt, begründeten Zorn zu respektieren. Aber ich verabscheute neurasthenisch-blinden Jähzorn. –

Ich verstand vor allem nicht, wie von mir, nachdem tagsüber meine Seele mißhandelt worden war, nachts Zärtlichkeiten gewünscht und erwartet werden konnten.

Ich war nicht abgestumpft genug, um körperliche Hingabe ohne den verklärenden Duft des seelischen Mitschwingens zu ertragen.

Ach, ich weiß jetzt, daß die Ehe für jede sich ihres Selbst bewußte Frau ein Kampf um ihr Ich ist. Doch damals war ich auf diesen Kampf nicht gefaßt und nicht gerüstet. Ich kannte erst überhaupt all die schleichenden Wege, alle verborgenen

Mittel und Mittelchen nicht, die die Frauen als ihr Rüstzeug führen, um das oft Unerträgliche zu ertragen. Und als ich diese Wege und Mittel und Mittelchen erkannte – haßte ich sie. Und mein Haß wandte sich allmählich gegen den, der mir einen Kampf zumutete, bei dem es auf solch unvornehme Kampfmittel ankam.

Überhaupt: Notwehr gegen jemand, der einem so intim nahe, so erschreckend nahe steht – ist das nicht unter allen Umständen Gefahr, drohendes moralisches Verderben?

Ich war meinem Manne gegenüber stets offen, wahr und ehrlich. Ich wußte nicht, daß man einem geliebten Menschen gegenüber anders sein kann. Aber ich wurde als eine des Betrugs Überführte genommen, weil ‚Frauen verlogen sind‘. Wie sollte ich mich dagegen wehren?

Mein Mann war begabt, und es war erst mein Ehrgeiz gewesen, auf ihn stolz zu sein. Aber ich sah mich als ‚Publikum‘ genommen und zog mich entsetzt zurück.

So hat der Mann es verstanden, mir jede Illusion zu zerreißen. Jedes meiner besten Gefühle wurde roh umgebogen oder traf auf etwas grotesk Unerwartetes. Bis es sich schließlich in sich zurückverkroch und sich in Haß gegen ihren Verfolger wandelte.

Nach ein paar Jahren haßte ich meinen Mann, wie man nur jemanden hassen würde, der einen zwänge, Tag und Nacht seinen eigenen Grabstein auf den Schultern zu tragen.

Sie sehen, es gehörte nicht mehr viel Mut dazu, um alle Bedenken fallen zu lassen vor dem einen Wunsch: fort! fort!

Man hat mir den Vorwurf gemacht: Und mein Mann? Dachte ich gar nicht an ihn? – Aber ich empfand damals: was ich dir bin, kann jede dir sein; du brauchst eine Frau, wie du deine Zigarette oder Halsbinde brauchst, und es ist dir gleich, ob ich oder eine andere. Ich bohrte mich hinein in dieses mir peinliche

Gefühl, gerade weil ich stolz war und gewöhnt, als ein Selbst genommen zu werden.

Ich weiß es jetzt – und wußte es vielleicht auch damals –, daß ich darin meinem Manne Unrecht tat. Es war ihm nicht dasselbe, ob ich oder eine andere. Aber er tat alles, um in mir den Drang zu wecken, mich an ihm durch diese ihn verletzende Vorstellung für alles, was mich verletzte, zu rächen.

Es war nicht groß von mir. Aber, wer gibt einem das Recht, von seinem Mitmenschen Größe zu verlangen? Wer darf einen andern mit zu schweren Proben belasten? Ist der, der sie nicht besteht, schlechter als der, der sie nie *zu bestehen hatte*? Gewiß nicht, aber sicher gebrochener. Das ist die große Gefahr, die einem durch den Kampf mit seinen Nächsten droht.

Ich ging fort. Meiner selbst und meines Kindes wegen. Ich war gesund, nicht ängstlich und bereit, für mich selbst in allem einzustehen. Ich beschloß, mein und meines Kindes Leben auf mich zu nehmen. Aber dann..."

Frau Ritta (so hieß sie) schwieg, und ich fragte sie nicht weiter. Ich wußte, was dann kam. Es kam das Merkwürdige, Unglaubliche, für die, die es erleben, Unverständliche. Frau Ritta sah plötzlich die Welt von sich abrücken. Sie stand allein. Nein: sie stand umgeben von Feinden, von einer feindlichen Welt. Vor der Schadenfreude mißachtender Frauen, die an ihrem Exempel so gerne zeigen wollten, wie ganz anders, um wieviel besser doch sie, die guten Gattinnen, waren; vor hochmütigem Spötteln der Männer. Sie verwandelte sich ganz unerwartet in eine Angeklagte, über die jeder aburteilen durfte; ja, sie war bereits eine Verurteilte. Das Wort hysterisch schwirrte ihr um die Ohren. Sie galt nicht mehr als voll, nicht mehr als den andern gleichwertig. Die noch vor kurzem Verschiedenes an ihr respektierten, fanden für jeglichen Respekt keinen Grund mehr, und zeigten es in allem, selbst in der veränderten Form der Anrede. Die besten waren noch die, die sie als Unglücksfall abzutun suchten und halb mitleidig, halb achselzuckend über sie hinweggingen.

Und bald sammelte sich die Einsamkeit um sie, als dicker, schwerer, rauchiger, klebriger Nebel – und schloß sie ein. Kein Entrinnen.

Frau Ritta sagte: „Aber die Menschen irren sich. Ein Unglücksfall war ich früher, als ich neben einem mir fremden Menschen ein mir fremdes Leben führen mußte. In den drei Jahren meines Alleinseins bin ich nie mehr unglücklich gewesen. Ich hatte Kampf und Sorgen, ich war oft traurig und betrübt, ich war noch öfter maßlos empört; aber ich blieb stets in den Grenzen meines eignen Ich, ich ging innerlich meine eignen, von mir gewollten Wege.

Nicht einen Tag dieses Lebens würde ich mit den andern tauschen, die das Unbehagen ihres Daseins damit auszugleichen suchen, daß sie sich einreden, die andern merken nichts von ihrem Unbehagen und neiden sie um ihr Behagen. Ich kenne Dutzende von Frauen, die tief unglücklich, ihr Leben kaum ertragen könnten, wenn sie nicht für alles eine Entschädigung hätten in ihrer festen Überzeugung, die andern hielten sie für glücklich und beneideten sie.

Ich habe es nie begriffen, wie man an einem Spiegelbild, dem kein wirkliches entgegensteht, sich laben kann. Ich verzichtete auf jede Art künstlichen Ausgleichs und sagte mir vollen Bewußtseins: dir ist ein Lebensexperiment, ein sehr wichtiges, mißglückt. In jedem Fall ist ein Teil der Schuld – der ursprünglichen Schuld, auch auf deiner Seite. Das mußt du büßen. Und du besitzt das Glück, das dir nicht genommen werden kann: eines geliebten Kindes Mutter zu sein. Hier ist nicht ein notdürftiger Ausgleich, sondern etwas ganz und gar Positives. Im Kinde ist Weg und Ziel zugleich." –

Und diesen Weg wollte Ritta gehen. Und ohne Sentimentalität zufrieden sein. Gelang es ihr? Oder wird es ihr noch gelingen?

Das Alleinsein der alleinstehenden Frau ist anders als das Alleinsein des Einsiedlers, den der Weltlichkeit Sonne und Dunkel gleich wenig erreicht. Es ist wie das Alleinsein des Verbrechers, dem die Welt, die ihn ausstieß, ihre Schatten in die Einsamkeit nachschickt, ihn auch dort unaufhörlich verfolgt, stört und selbst seine Träume verdunkelt.

Frau Ritta, du bist wie ein Kind, das noch nichts von der Schwere seines Schicksals weiß. Du weißt nicht, daß die Gemeinschaft, die dein Einzelleben grenzenlos mißachtet und negiert, es dir Stück um Stück entreißen wird, bis du nichts mehr übrig behältst als Fetzen einstiger Schönheit.

Catherina Godwin

Gegenrhythmus

Die Wache zieht auf!

Viele Leute laufen hinterdrein, immer im Takt – immer im Takt.

Unwillkürlich schreite ich gegen den Rhythmus. Ich fühle mich gehemmt, meine Schritte mit dem selbstverständlichen Tempo Hunderter gemein zu machen.

Eine Allegorie meines Wesens – gehe ich so gegen den gegebenen Takt, allein eine leere Seitenstraße entlang.

Das ist der Faillit meiner Tage: der Exklusivtrieb.

Da mein ganzes Sein sich gegen die Uniformierung in Anarchismus auflehnt.

Irgendwo stehen im Grünen öffentliche Bänke. Ich bin wohl müde, aber die Bänke gehören Allen, es deprimiert mich, darauf zu sitzen – irgendwo wandere ich erwartungsvoll mit einem Herrn in der Stille, aber ein verschlungenes Paar löst sich vor uns aus dem Dunkel – mein Gefühl erstarrt – der Herr geht enttäuscht nach Hause – die Liebe gehört den Andern. Ich komme in ein Restaurant und mein Wunsch nach einem Entrecote bricht ungesättigt zusammen, da ich die Vielen mit Messer und Gabel essensfroh hantieren sehe. Selbst die Sonne kann mich nicht wärmen, wenn Massen erfreut aus dem Boden tauchen und rhythmisch im Chor wohlgelaunt rufen: Ach! Das schöne Wetter!

Und jemand, der mich von ungefähr begrüßt, sagt zu mir erstaunt unter der Sonne der Allen: – mein Gott, gnä Frau, was haben Sie doch bei dem warmen Wetter für kalte Hände. –

Grete Tichauer

Mit Mutter

So saß sie da: die Schultern ganz eingezogen, mit der einen Hand auf dem nackten Schenkel und der andern am Knie. Die Füße dicht aneinandergeschmiegt, so daß der eine den andern trat. Und die unreifen Brüste wurden von den dünnen Oberarmen fast bedeckt. Auf dem Bettrand saß sie da des Nachts und dachte und sehnte sich. Schließlich hatte sie ganz vergessen, daß die ja nebenan schlief, deretwegen sie hier so saß ohne Nachthemd auf dem Bettrand und dachte. Die Mutter. Nein, sie dachte gar nicht mehr an *sie*. Nun war doch alles andere so gleichgültig; es hatte eigentlich gar nichts mehr mit ihr zu tun; nun fühlte sie nur noch diese Sehnsucht, als hätte nur dieses endlose Sehnen sie beherrscht, wie sie aufwachte, dieses heiße Gefühl, das immer stärker wurde. Erst hatte sie gedacht, daß es von dem Zank heute abend mit Mutter kam, und hatte versucht, um davon abzukommen, sich alles mögliche Andere vorzustellen. Aber wie sie an die Straßen und Schaufenster oder an die Bilder aus den großen Mappen im Salon dachte, wurde sie immer heißer, und so hatte sie es schließlich nicht mehr ausgehalten und vorsichtig, ganz leise, daß Vater und Mutter nebenan nichts hörten, erst einen Ärmel und dann das ganze Nachthemd abgestreift und nackt im Bett gelegen. Und nun saß sie schon eine Ewigkeit so auf dem Bettrand. Sie hatte keinen Augenblick geweint wie sonst, wenn mit Mutter etwas vorkam. Sie brauchte auch nicht wie sonst, wenn sie so von Zorn und Scham gepackt war, leise vor sich hinzusprechen mit Schimpfworten, die sie im Grunde gar nicht verstand, ihr Körper zitterte nicht vor Ekel, und sie spuckte nicht auf die Erde wie sonst.

Was sie fühlte, war, daß alles in ihr sich sehnte, sich sehnte und sagte: Mutter. Du. Mutter.

So mußte es sein. Sicher. Nun wußte sie es. Und nun sollte eine ganz, ganz neue Zeit kommen.

Das war ihre Mutter, die da lag auf dem Kirchhof. Diese Frau nebenan, diese robuste Frau, bei der alles breit und hart war, mit dem strähnigen Haar, hatte gar nichts mit ihr zu tun. Und Vater hatte sie verraten. Richtig verraten. Warum mußte sie „Mutter" sagen zu der Frau mit den kurznägligen Händen – all dies hatte sie vorher nie zu denken gewagt, denn sie hatte nie etwas anderes sagen hören, als daß die Frau ihre Mutter sei. Ihr ganzes Leben lang wurde ihr das vorgeredet. Alle hatten es gesagt. „Denk doch, es ist ja deine Mutter." Und sie konnte sich auch nicht erinnern, je eine andere um sich gesehen zu haben. Aber eins wußte sie genau: daß die Frau ihr stets wie eine Fremde vorgekommen war. Als ob sie beide nichts gemeinsam hätten. Dann fingen die Jahre an, wo die Frau ihr so merklich weh tat, mit allem, allem, wenn sie aß, mit jeder Bewegung, wenn sie ins Zimmer kam des Morgens, sie zu streicheln und zu wecken, wenn sie sich des Abends auszog. Denn oft hatte sie sich an die Tür gestellt und durchs Schlüsselloch gesehen, immer wieder die Qual dieser Bewegungen erduldet; wie sie im Unterrock aussah, und daß sie die Strümpfe bis zuletzt anbehielt. Oft hatte sie so an der Tür gestanden, war nicht eingeschlafen, wenn sie ins Bett ging, um zu warten, bis die nebenan so weit war. Und jedesmal dieselbe Qual. Dann war sie stets unglücklich ins Bett gekrochen und hatte sich geschämt und geweint, und in ihren Ohren klangen deutlich die Worte der andern: „Denk doch, es ist ja deine Mutter." „Mutter." Schließlich hatte die Mutter ja so viel für sie durchgemacht, und alles von ihrem Körper hatte einst ihr gehört. Daß sie einmal so in ihrer Gewalt war, richtig gefangen von ihr.

Nun wußte sie es.

Manchmal hatte sie schon der Gedanke gestreift, daß sie vielleicht gar nicht das Kind dieser Frau war. Dunkle Erinnerungen, sonderbare Blicke und Zärtlichkeiten von Vater, und dann dieses Fremdsein, dieses gänzliche Nicht-Zusammengehören, dieser Ekel.

Nun wußte sie es. Alles stimmte und löste sich auf. Heute nachmittag hatte sie es entdeckt.

Ihre Mutter, die lag auf dem Kirchhof. Als sie ganz klein war, mußte die Mutter gestorben sein. Nun kamen plötzlich längst verschwundene Bilder hervor und alles wurde klar für sie, sicher und gewiß...

Daß sie eben denselben Namen hatte wie sie! Sie mußte es sein, es stimmte alles!

Die andere Frau und die Qual, mit der sie ständig gelebt hatte, der Schmerz, weil alles, was die Frau anfaßte und begann, weh tat, war zum ersten Mal ganz vergessen.

Du. Du. Mutter. Du liegst da unten... Daß ich eine wirkliche Mutter habe. Daß sie mich einmal getragen hat. – Ihre Hände strichen an dem Leib entlang, den sie nun plötzlich lieb hatte. Auf den sie nun stolz war, und unter dem sie nun nie mehr leiden wollte, wie früher... Ach, früher. Du Mutter, das ist alles von dir... Und in die Höhlen unter den magern Schulterbeinen legte sie die dünnen Finger und sehnte sich.

*

Mutter Du. Liebe Mutter.

*

Im Nebenzimmer wurde Licht gemacht. Man dachte, daß das Kind wieder phantasierte.

„Was ist?

Was? Du sitzt nackt da? Was soll das wieder sein – ?"

*

„So, nun schlaf schön und sei vernünftig. Gute Nacht!"

Nur schnell zum Waschtisch, um den Kuß abzuwaschen, abzureiben, den sie auf die Stirn bekommen hatte.

*

Süße Mutter, nun trage ich dich in mir; ich bin so ganz, ganz von Dir. Und wenn ich jetzt nicht mit dir sprechen kann, dann denke ich mit Dir, Mutter.

Und ihr schlanker, magerer Mädchenleib zitterte vor Sehnsucht, und in dem gereizten Hirn krochen Vorstellungen über halbwache Gedanken, und ihre Sehnsucht färbte die unerkennbaren Traumbilder und gab ihnen Töne, und deutlich klang unter all dem Gewirr nur das Wort „da unten" hervor.

Als sie am nächsten Morgen geweckt wurde, lag sie mit dem Oberkörper weit über dem Bett hinaus, und es war, als ob ihre Finger sich in den Fußboden graben wollten.

*

Der Sanitätsrat meinte, daß diese Sache bei so großen, magern Kindern in dem Alter häufig vorkomme, das von gestern sei

allerdings äußerst bedenklich. Aber mit einer strengeren Maß-
regel solle man vielleicht lieber noch warten; vorläufig genüge
das, was er auf dem Rezept aufschreibe.

*

Sie wußte es jetzt sicher. Gefragt hatte sie keinen. Sie wollte
ein paar Mal versuchen, durch Andeutungen Vater verlegen zu
machen. Sie schämte sich immer zu sehr, und es war ihr auch
ganz unmöglich, ein Wort von all dem laut auszusprechen.
Wenn sie es sich ganz fest vorgenommen hatte, es doch zu tun,
mußte sie es im nächsten Augenblick aufgeben und tat, als ob
sie gar nichts besonderes vorgehabt hätte. Genau so wie früher.
Auch zu der Frau. Sie hatte jetzt ihr eigenes Reich. Das war ihr
Leben dort, und hier zu Hause spielte sie nur.

So oft sie konnte, ging sie zum Kirchhof.

Zuerst hatte sie es nicht gewagt. Zuerst stand sie nur am
Grab und redete mit ihr.

Doch einmal, als kein Mensch zu sehen war auf dem ganzen
Kirchhof, hatte sie den Erdboden gestreichelt.

Sie hatte solche Sehnsucht nach einem Kuß, nur einen einzigen – aber ihr Mund war so unrein: die Frau zu Haus küßte ihn
jeden Tag, sie träumte von einer Heiligung des Mundes wie die
des Propheten Jesaias. Das einzige, was in letzter Zeit von all
dem, was sie im wirklichen Leben gehört hatte, Eindruck auf
sie machte.

Doch ein nächstes Mal konnte sie es nicht mehr aushalten;
einen Augenblick lang blieb die Besinnung, das Gefühl der
Unreinheit, die Erinnerung an die Frau zu Hause, alles, alles
fort, nur die Sehnsucht nach der Mutter beherrschte sie unauf-
haltbar und füllte sie ganz aus, bewegte jeden Nerv. Sie mußte

etwas von ihr haben, und so legte sie ihren Kopf tief in die Levkojen.

*

Dann pflückte sie eine Handvoll Blumen ab, versteckte sie unter dem Kleid und rannte nach Haus.

*

Beim Abendbrot war sie genau wie sonst. Ebenso blaß und sommersprossig wie gewöhnlich saß sie bei Tisch, sah auf ihren Teller wie immer und aß schnell und ohne hochzublicken. „Warum sie bloß stets so verbissen ist", dachte der Vater. „Als ob sie ständig ein schlechtes Gewissen hat." Und als sie ins Bett geschickt war, unterhielt man sich darüber, ob es nicht vielleicht das beste wäre, sie in eine Anstalt oder ein Sanatorium für willensschwache Kinder zu schicken. Der Arzt hätte auch einmal davon gesprochen.

Derweil lag sie in ihrem Bett und legte die kühlen Blumen auf ihren Körper, der eiskalt war vor Wonne und Sehnsucht. Was sie jetzt spürte, die Wärme, die von den Blumen auf ihren Körper langsam überging, war nichts anderes als sie, die jetzt bei ihr lag, ganz körperlich bei ihr und sie berührte und streichelte. Und sie legte die weißen, weichen, zarten Blumen auf den Hals und den Rücken und auf beide Brüste. Alles sollte Anteil haben an ihr.

*

Jede Nacht war Mutter jetzt bei ihr.

Am Morgen legte sie die welken Blumen in ein Kommoden-
fach, das sie ausgeräumt hatte, und in dem sie nun tote Blumen
aufhäufte. Jede war ihr eine ganze Nacht von Liebe und Seligkeit und ein Stück Mensch, der lebte und ihr, ihr gehörte.

Als die Levkojen verblüht waren, fand sie eines Nachmittags
Astern auf das Grab gepflanzt, dunkellila und weiße Astern.
Dicht und voll, ebenso wie vorher die Levkojen. Da konnte
keiner merken, daß sie jeden Tag ein paar nahm. Als sie ein
Kirchhofsgärtner einmal fragte, warum sie jeden Tag hinkäme,
sagte sie, ohne darüber nachdenken zu müssen, ohne je darüber
nachgedacht zu haben, daß eine Freundin von ihr gestorben sei,
und zu Haus merkte kein Mensch, daß sie jeden Tag zum
Kirchhof ging, denn sie schlich sich immer fort, wenn die Frau
nach Tisch schlief. Sonst kümmerte sich keiner um sie.

Sie war das glücklichste Menschenkind.

*

Eines Abends lag sie im Bett, und Mutter war bei ihr und streichelte sie und faßte sie bei der Hand und erzählte sich mit ihr,
und sie küßte Mutter und sagte: „Du sollst nicht von mir fortgehen." Und sie merkte gar nicht, daß die Tür aufging, und die
Frau hereinkam.

„Schläfst du schon? Ich wollte nur nach dir sehen. Nein, du
mußt aber die Arme auf die Bettdecke tun. – Was, du liegst
ohne Nachthemd im Bett? Und Blumen? Was willst du denn
damit, du bist wohl ganz verdreht?"

Licht wurde im Zimmer gemacht – es war so schrecklich alles, und es tat ihr so weh. Jedes Wort. Jede Sekunde.

*

Und nachher lag sie auf dem harten Bett – wie sehnte sie sich nach weichen warmen Federn, aber die gab ihr die Frau nicht, trotzdem sie so oft schüchtern gebeten hatte, und trotzdem alle andern warm und weich schliefen. – „Schämst du dich nicht?" hatte die Frau gesagt. Warum sollte sie sich schämen? Weil jemand versucht hatte, in ihr Reich zu sehen. Nur versucht. Und dann war sie so grenzenlos traurig, denn die Frau hatte, als sie hinausging, drei Astern in der Hand mitgenommen, drei süße zerdrückte Astern – – und nun fühlte sie es so, als hätte man Mutter weh getan, und als wäre sie weit von ihr fort.

Die ganze Nacht fror sie und weinte, weinte und fror, und wieder verschlangen sich halbwache Traumbilder zu wüsten unerkennbaren Phantasien, zu rätselhaften Gebilden wie damals in jener Nacht, als sie Mutter gefunden hatte. In der glücklichen Nacht. Und ebenso wie damals sehnte sie sich unendlich, nur trostlos jetzt: denn sie war es nicht mehr gewöhnt, allein in dem kalten, harten Bett zu schlafen, und zum ersten Mal fühlte sie sich unheimlich und fürchtete sich in dem dunklen Zimmer.

*

Nun sagte der Sanitätsrat auch, daß es höchste Zeit wäre, sie in eine Anstalt zu schicken, wo sie den ganzen Tag unter Aufsicht sei. Energische Güte brauche sie. Mit dem Wecken des Schamgefühls allein wäre es nicht getan. Aber er wollte gleich an den Leiter eines solchen Kindersanatoriums telegraphieren, und dann könnte man sie heute nachmittag vielleicht schon wegbringen.

Warum sie fortgeschickt wurde, darüber dachte sie nicht nach. Sie hatte nur den einen dumpfen Schmerz, daß sie fort sollte.

94

Und die Frau packte ihre Sachen zusammen und räumte ihr Spind aus. In der Kommode blieben nur alte Spielsachen und Kinderbücher.

Die ganze Zeit wurde sie beobachtet, keinen Augenblick war sie allein. Sie konnte nicht einmal mehr die Lade öffnen und Mutter ansehen. Wenn sie nur noch Abschied nehmen könnte, nur noch einmal den Kopf in die toten Blumen vergraben und den wunderlichen Duft einatmen. Nur einen kurzen Augenblick. Nur noch einmal ein Wort zu Muttchen sagen. Nur „Du" sagen.

Nun setzte ihr die Frau die Mütze auf und zog ihr die Jacke an. Und dann saß sie im Wagen, der zur Bahn fuhr, ganz stumpf, blaß und abgestorben; sie dachte nichts mehr; vor ihren Augen leuchtete alles rot und dahinter sah sie nur Flecke, von denen sie nicht unterscheiden konnte, ob sie unendlich groß oder winzig, winzig klein waren, und die sich fortwährend drehten und ineinander verschlangen.

*

Acht Tage später reisten die Eltern denselben Weg. Am Morgen hatten sie von dem leitenden Arzt des Kindersanatoriums ein Telegramm bekommen, in dem er ihnen mitteilte, daß das vor acht Tagen eingelieferte Kind schwer und hoffnungslos an Gehirnhautentzündung erkrankt sei.

*

Auf dem Gang schon hörte man die hohle stöhnende Kinderstimme.

„Süße – süße Mutter – warum bist du gestorben – ich kann – doch nicht – ohne dich leben –"

Vielleicht wäre es besser, wenn die Eltern gar nicht mehr hineingingen. Der Arzt wollte ihnen gern den furchtbaren Anblick ersparen. Es würde sowieso nicht mehr lange dauern. Für eine Frau wäre es fast unmöglich, das Entsetzliche mit anzusehen.

„Mutter – ich sehne mich so – kommst nicht – Mutter –"

*

„Aber hören Sie denn nicht, Herr Doktor, daß ich hinein muß! Hören Sie nicht, wie das Kind nach mir ruft! Nein, ich muß hinein, es wäre grausam, dem Kind nicht das Letzte zu erleichtern.

Hoffentlich erkennt sie mich noch –"

Maria Lazar

Die Schwester der Beate

Die Kleine blinzelt die Seidendecke entlang bis zu den erhitzten Zehen, die vor dem Bettrand heraussstehen.

Die Große steht bei dem Spiegel, und das schwere Haar, das sie zu bürsten versucht mit hochmütigen Bewegungen, zieht sie zu Boden.

Wie Gerhard heut über den Rasen gesprungen ist, in seinen leichten Tennisschuhen. So viele Gänseblümchen hat er zertreten. Und die Zehen krabbeln den braunen Bettrand hinauf, erhitzt. Die Finger der Kleinen glätten kühl den schlanken Körper unter der Decke. – Wie hat er nur gelächelt – er hat so gelächelt, daß man sofort einschlafen könnte und doch nicht möchte. Die schmale, knabendünne Oberlippe wälzt sich ein wenig aus sich selbst heraus, wellt sich dann über die verbissene Unterlippe, lang und weich. Draußen blühen die weißkerzigen Kastanien in einer langen Allee. Wenn morgen wieder die drei Radfahrer kommen, die immer einer hinter dem andern –

Da drehte sich Beate um, in einer unmittelbaren, abgebrochenen Wendung ihres vollen Oberkörpers, und die Kleine erschrak. Sie bemerkte, daß Beates großer Mund zerschnitten war, wie rohes Fleisch auf einem Teller. Und Beates Bett warf im Halbdunkel einen tiefen Schatten an die Wand.

Nein, mit Gerhard sollte man immer nur frühstücken, weiche Eier, auf einer sonnigen Veranda. Denen schlägt er mit seinen kindischen Händen die Köpfe ab. Aber man darf ihm nicht Lebewohl sagen, wenn es Abend wird und Gewitter kommen wollen. Das andern. Gerhard hat weißblond strähnige Haare, die stehen hinten in einem lustigen Wirbel weg.

– Hast du bemerkt, was für einen mächtigen Schädel Michael hat? flüsterte Beate heiser. – Eigentlich zu groß. Häßlich. Nur die Haare sind weich und dunkel –

Der Körper der Kleinen zieht sich langsam zusammen unter der Decke. Gerhard ist weißblond und seine Haare sind strähnig, strohsträhnig –

Die Große steht vor dem Waschtisch und das Hemd gleitet über die schweren Formen ihres Leibes. Die Kleine dreht den Kopf zur Wand und denkt: warum möchte ich Beate heute nicht um Schutz bitten vor Mutter. Gerhard eher, vielleicht. Was für eine klingende Stimme er hat – wie die kleinere Klinge von meinem silbernen Taschenmesser.

– Und Michael hat so gesprochen, daß man glauben muß, seine Worte hallen wider in dem kolossalen Schädel, sagt die Große, und ihre Hände gleiten an den Oberarm entlang, kreuzweise, hinauf und hinunter.

– Ich hab' überhaupt nicht zugehört, sagt die Kleine weinerlich, er spricht immer von Geld und so gelehrten Sachen, was versteh ich davon.

Über den breiten Rücken der Großen rieselt das eiskalte Wasser immer stärker, plätschert auf die Diele nieder. Die Kleine steckt den Kopf unter die Decke: ich bin ganz ungewaschen in das Bett gegangen. Wenn Gerhard das wüßte. Aber morgen nehm' ich ein sehr heißes Bad. Und dann weiche Eier. Warum löscht Beate nicht endlich das Licht? Die breiten Schatten an der Wand –

Die Große stöhnt in der dumpfen Nacht, so daß die Kleine träumen muß, sie läge in einem Sumpf von Blut, in den Beates Zöpfe hinunterhängen. Aber Gerhard läuft weiter draußen über eine taunasse Wiese. Er hat dort seine Tennisschuhe verloren.

*

Am nächsten Morgen schlendert die Kleine durch die sonnenfeuchte Kastanienallee. Ihre weißen Schuhe kreisen um die Lichtflecken, treten in sie hinein, weichen ihnen aus, fangen die Kringel und schlüpfen durch sie durch. Vielleicht kommt Gerhard heute wieder. Aber nein, er kommt nur Sonntag. Aber er könnte doch heute herausfahren, ausnahmsweise. Tut er nicht. Er baut Häuser, turmhohe, schlanke, die zart sind wie Birkenblätter. Es ist auch gut, daß er heute nicht kommt. Da läßt sich so angenehm an ihn denken. Er ist sicher hart, wenn man ihn anrührt. Was er nur für eckige Schultern hat. Die stechen heraus aus dem hellgrauen Anzug. Halt, da kommen die drei Radfahrer, der blonde, der braune, der schwarze. Sie sind doch keine Brüder. Die weißen Hemdärmel flattern hintereinander. Gerhard fährt sicher auch Rad. Die Kleine geht nach Hause.

Im Garten steht Beate in einem dunklen Hauskleid. Ihre großen Hände reißen gierig einen Zweig aus dem vollen Fliederstrauch. Warum tut Beate das, sie, die nie eine Blume bricht? Warum ist sie so früh aufgestanden? – Gerhard sollte hier sein.

Beate küßt die Kleine. Beates Hals riecht dunkel, als ob sie heute schon Erdarbeit geleistet hätte. In Michaels Nacken schlangen sich die schwarzen Haare, gestern, heute auch –

Beate schwenkt den Flieder und lacht grell wie roter Mohn, daß die Dolden welk herunterhängen. Die Kleine kaut an einem Grashalm und denkt trotzig: Gerhard lächelt nur. Aber wenn Michael lacht, hat er einen großen, fleischigen Mund.

– Beate, ich will mit in das Atelier. – Nein, Liebling, heute nicht oder später. – Die Kleine stampft mit dem Fuß.

Zu Mittag schenkt sie Beate einen Strauß Margeriten. Ganz junger Margeriten. Sie hat immer nur an Gerhard gedacht, wie sie sie gepflückt hat. Deshalb schenkt sie die Blumen jetzt Beate.

Beate sieht den Strauß nicht. Beate sieht die Mutter nicht, wie sie geschäftig jede Gabel noch einmal zurecht rückt. Beate sieht die Kleine nicht, die vor ihr sitzt mit angstvollen Augen.

Durch die Jalousien preßt sich hellgelb das Licht, schlägt an die hellgelben Sommermöbel. Beates Augenbrauen sind hochgezogen. Michaels Augenbrauen waren auch immer hochgezogen, lagen in einem drohenden Wulst über den tiefen, verschwommenen Blicken.

Mutter sagt, und ihr Scheitel liegt wasserfarben um den müden Kopf: Dieser Michael gefällt mir nicht. Er hat so etwas Wildes. Und dem Gerhard möchte man ein Schmetterlingsnetz kaufen. Wo hast du die wieder her, Beate. Kommen sie auch nächsten Sonntag? Aber so iß doch, Beate.

*

Die Kleine läuft viel in der Kastanienallee auf und ab. Sie geht durch die Kieswege des buschigen Villengartens. Sie mag nicht in ihrem Zimmer sein. Es ist so heiß oben. Und dunkel trotz der grellen Sonne. Beate steht oft vor dem Spiegel.

Beate – o Beate, warum hat Beate keine Zeit mehr für sie? Warum darf sie nicht mehr in Beates Atelier, das verschlossen ist und verhangen wie ein Grab?

Beate ist eine Fremde. Beate, die sie aufgezogen hat, die sie zu Bett gebracht hat, während die träge Mutter Gäste empfing. Beates Haut ist spröder geworden und legt sich nicht mehr wie selbstverständlich an die ihre.

Die Kleine liegt nackt ausgestreckt in der Nachmittagshitze auf dem großblumigen Sofa ihres Zimmers, und die ungebändigten braunen Haare laufen ihr über die Stirne. Sie will an Gerhard denken. Wieviel Tage noch, bis er kommen muß! Nein, warum atmet Beate bei ihrem Schreibtisch so rasch, so hastig, hastig wie Michaels große Schritte. Gerhards knaben-eckige Schultern kann man in diesem Raum nicht mehr sehen. Überall drücken Michaels Bauernschwielen. Beates Nacken ist breit. Was kritzelt sie dort? Sicher lauter M. Das ganze Zimmer schwimmt ja schon voll M. Es ist nicht zum Aushalten. Die Kleine springt auf, schlüpft in ihr gazedünnes Sommerkleid und läuft in die Kastanienallee. Aber die drei Radfahrer kommen nicht am Nachmittag.

Gerhard ist nicht da am Sonntag. Michael auch nicht. Sie sind beide verhindert. Beate hat sich mit einem Brotmesser einen tiefen Schnitt in die rechte Hand geschnitten. Viele Gäste kommen. Die Kleine spielt Tennis, bis sie umfällt vor Müdig-keit. Sie wird Gerhard das nächstemal besiegen. Und sie streckt sich kühl aus in ihrem Bett.

Aber wie Beate in das Zimmer kommt, riecht alles nach Chloroform. Die weiche Nachtluft wird durch die Fenster zu-rückgeschlagen. Michael hat eine Narbe an der Unterlippe. Er ist als Kind über den Pflug gestürzt. Weil ihn sein Vater ge-schlagen hat. Der Bauer. Dann ist er davongelaufen. Aber noch jetzt sprengt sein breiter Rücken die Stadtröcke. Was macht er nur. Er schreibt Bücher, derb wie Ackerschollen, und be-herrscht Menschen und Gelder, wie seine Vorfahren die unge-zählten Ähren ihrer Felder. Seine Sätze sind schwer und hart wie Bauernbrot. Man kann sie nicht lesen, wenn man immer zu Hause gewesen ist in einem wasserfarben stillen Nest. Beate kann das lesen. Beate war auch schon in Rom.

Spricht Beate? – o nein, sie sitzt in sich zusammenge-krümmt, eine furchtbar stille Masse. Aber wenn sie jetzt aus sich herausbricht, dann brennt das Bett, und Michaels erregte, zu große Nasenflügel atmen Feuer ein –

Die Kleine drückt sich eng an die Mauer und flüstert: Ger-hard. Ein kühler Hauch zuckt durch ihre heißen Hände.

Die Große ist stärker und ihr atemloses Rufen ist lauter. Daß eine Glutwelle von Chloroform den Raum erstickt und die Kleine Michaels braune Muskeln auf ihrer Brust fühlt.

Und sie sagt zornig: so kämm' dich doch, Beate, wie langsam du bist. Ich will schlafen.

Beate antwortet mit derselben Stimme, mit der Mutter am Morgen mit dem Mädchen zankt.

Die Kleine beißt in die Kissen und denkt: ich will doch allein atmen dürfen und nicht so rasch, langsamer, bitte – und sagt: Beate, du hast heute den Wasserkrug ausgeschüttet und im Zimmer liegenlassen. Und du riechst entsetzlich nach Chloroform.

Da wird Beate sehr böse, und sie liegen nebeneinander wie zwei Feinde – so nahe nebeneinander.

*

In der Früh haben sie ihre Seifen vertauscht. Beates Kamm steckt in der Bürste der Kleinen. Es ist unerträglich, wie Beate das Haar nach hinten wirft, alle Tage mit der gleichen Bewegung vor dem Spiegel. Unerträglich ist es, wie sie sich das Wasser über den Rücken gießt. Unerträglich ist der Rhythmus ihrer harten Schritte. So muß Michael auftreten, wenn er durch sein Arbeitszimmer geht.

Die Kleine weiß so genau, wie das aussieht, als ob sie schon oft dort gewesen wäre. Wie ungeordnet und knochig Bücher und Kleidungsstücke übereinanderliegen! Die Kleine liest stundenlang eine Seite aus einem seiner Werke und versteht sie dann. Sie nimmt sich vor, ihm, wenn er wieder kommt, bestimmt nicht die Hand zu geben, denn das muß ja furchtbar sein.

Sie küßt Beate nicht mehr. Und Beate geht mit halbgeschlossenen Lidern an ihr vorbei.

Die Kleine wühlt sich im Garten eine Höhle in das Gestrüpp. Dort denkt sie an Gerhard. Zu Hause ist das ja nicht möglich.

Sie ist schlanker geworden, und der weiche Haarknoten steht trotzig weg vom Hinterkopf, gleitet nicht mehr über die ungeduldigen Schultern.

*

Beates Schlüssel zum Atelier liegen in der Schreibtischlade. Beate schläft im Garten. Sie ist immer so müde nachmittags. Da nimmt die Kleine den Schlüssel mit dem kleinen Finger, hält den Körper weit weg von ihm und schleicht hinauf in das Atelier.

Die Luft ist zum Erwürgen dumpf. Sattfarbene Tücher hängen vor den Glasscheiben. Die Kleine bleibt stehen. Furchterstarrt.

Nein, ihr Bild ist nicht mehr da, und nicht mehr das grüne Wasser. Überhaupt keine Bilder. Graue, abgerissene Papierfetzen kleben an den schwitzenden Wänden. Und hier ein Arm – nein, bloß ein Muskel – hier eine wulstige Augenbraue – geblähte Nüstern wie von einem rasenden Pferd – Bauernschwielen – breite Fäuste.

Das ist alles. Das ist Beates Leben. Das ist ihr eigenes, kleines, furchtbares Dahinträumen. Das ist die Luft, in der sie atmet, der Raum, in dem sie schläft, der Teller, von dem sie ißt. O, wo ist Gerhard?

Was machst du da?... Beate steht hinter ihr, ganz weiß und ruhig. Aber sie hat die Faust erhoben – Michaels Faust.

– O, du – keucht die Kleine – du – du Dirne.
Und dann ist jede ganz allein.

*

Gerhard kommt an einem Sonntagmorgen. In seinen Tennisschuhen springt er über den frisch gemähten Rasen. Ob ihn die
durchgeschnittenen Gräser nicht stechen. Die Kleine preßt die
Lippen ineinander. Und läuft nicht mit. Beate ist verzweifelt.
Michael ist wieder nicht gekommen.

Vor dem Mittagessen vergräbt sich die Kleine in die Ger-
hard-Grube im Fliederstrauch. Der Flieder ist verblüht. Die
Sonne sengt Blätter und Gedanken.

Gerhard erzählt bei Tisch von einem Landhaus, das er bauen
wird. Gar nicht weit von hier. Die Kleine denkt: sicher ist es
zart und eckig wie seine Schulterknochen. Wer da hineingehen
darf, ohne etwas zu zerbrechen? Keiner von uns. Keiner von
unsern grobbeinigen Gästen. Ich vielleicht. Nein, ich bin Beates
Schwester. Wie gierig sie den roten Wein trinkt. Mutter würde
erst Komplimente machen und sich entschuldigen, bevor sie
zur Tür herein kommt. Lächeln muß man können, lang und
weich wie Gerhard. Ich werde ihm nach dem Essen weißen
Klee in das Knopfloch geben. Bei Michael dürfte ich das nicht.
Bauern tragen nicht Klee im Knopfloch. Gerhards Großvater
hat schon in einem hochgezimmerten Haus gewohnt. Das sind
Gäste der Erde. Ich möchte auch nur Gast sein. Ich fürchte
mich vor Michael. Hinter dem Garten dörrt die Sonne die Ähren.

Dann geht sie mit Gerhard in der Kastanienallee spazieren.
Ohne Beate. Sie lachen und unternehmen einen großen Wett-
lauf, bis sein strähniges Haar feucht und glatt um den schmalen
Kopf liegt.

Beate stöhnt die ganze Nacht. Und die Kleine liegt daneben und denkt: noch sieben Tage, dann war Michael sicher schon da.

*

Sie fährt in die Stadt, Einkäufe machen. Steckt in der überfüllten Straßenbahn zwischen schwitzenden Leibern, eingehüllt in schlechte Tabakswolken und unreine Worte. Sie freut sich über die vielen fremden Menschen, die neuen Plakate. Vielleicht trifft sie Gerhard.

Da steht Michael neben ihr. Er gibt ihr die Hand, freundlich und gedankenfern. Sein blauer Lüsterrock ist fleckig, und er hat keinen Hut. Wie gewöhnlich er aussieht unter den andern Arbeitern. Einer von ihnen, einer von vielen. Sie spricht ein paar Sätze mit ihm. Dann springt sie aus dem Wagen und geht in eine Konditorei Eis essen. Wenn es doch möglich wäre, Gerhard zu begegnen. Sie denkt an seine langen, scharfen Augen und streckt sich nach hinten, bis ihr ganz kühl wird.

Beim Abendessen sagt sie: Ich habe Michael getroffen. Ich glaube, er kommt Sonntag zu uns heraus. Sie starrt auf ihren Teller. Sie braucht Beate nicht anzusehen, um das Ungeheure zu fassen, das sie eben ausgesprochen hat. Sie empfindet eine wahnsinnige Lust, Michaels wulstige Augenbrauen mit den Fingerspitzen festhalten zu können. Und zählt mit Reiskörnern die Stunden, wie lange es noch dauern wird.

Die ganze Nacht steht Beate bei dem Fenster. Die Hände der Kleinen tasten hinüber nach Beates Bett.

Sie will Beate sagen, daß sie mit ihr nicht mehr in einem Zimmer wohnen kann. Beates Eigentum verdeckt das ihre. Sie kann ihre Kleider nicht finden, ihre Schuhe, ihr Briefpapier, ihre Bleistifte. In ihren Vasen stecken Blumen, die Beate abgerissen hat. Beate hätte sie nicht jahrelang vor dem Einschlafen auf die Augen küssen dürfen. Ihr ist, als wären ihre Adern zu schwach, das rasende Blut zu bändigen.

*

Eine lange Gewitternacht warten die Schwestern in ihren Betten, eine neben der andern. Und er kommt am Sonntagmorgen durch den lauen Regen.

Beate ist weiß und sehr still. Ihre Bewegungen sind ruhig geworden und in sich geschlossen. Wie früher immer. Sie streicht der Kleinen über das verwirrte Haar. Die kauert sich in sich selbst zusammen. Gerhard ist auch da.

Beate begrüßt noch andere fremde Menschen. Lächelt ihnen zu. Der warme Regen schleckt sich über das gemietete Haus. Michaels Muskeln sprengen fast die Ärmel. Beate lacht leise und tief.

Die Kleine läuft in ihr Zimmer. In Beates Zimmer. Sieht um sich, wild, entsetzt. Wo war Beate? Reißt den Kasten auf. Chloroform.

Sie geht wieder zu den Gästen. Beate lächelt.

Die Kleine sitzt dicht hinter Michael, ganz still und wartet. Seine Worte widerhallen in dem mächtigen Schädel. Wie Beate für die Gäste Tee bereitet, holt sie, stiehlt sie den Schlüssel zum Atelier aus seinem Versteck. – Kommen Sie, sagt sie zu Michael, ich möchte zu gern wissen, wie Sie über Beates Bilder denken.

Er steht in dem erstickten Raum, seine Körperteile springen schwielig aus den nackten Wänden. Er sieht nicht um sich.

– Nun...

Er schweigt.

– So sagen Sie doch...

106

Er schweigt.

– Aber verstehen Sie denn nicht, ruft sie. Und auf einmal ist sie so groß wie Beate, nur noch viel stärker, mächtiger. Sie ist ganz dicht bei ihm, so wie in all den Nächten, Beates Nächten.

Und er nimmt sie, verwundert, mit schweren Bewegungen, als ob er in einem großen Buch etwas nachschlüge.

*

Beates Zimmer ist zerschnitten. Von einer ganz fremden Hand. Wem kann sie gehören? Sie hat fremdes Blut getrunken. Sie zerschneidet den blassen Raum unaufhörlich. Die Fetzen fallen auf Beate, decken sie zu, wie sie den Kopf so durch die Kissen wühlt. Ersticken das Stöhnen. Das darf nicht sein. Etwas muß übrig bleiben, das Beate gehört. Fort.

Und eine fremde Gestalt verläßt das Haus. Wie ein Dieb.

Dem vor dem gestohlenen Eigentum graut. Das sich nie mehr wegwerfen läßt, niedertreten.

Gerhard. –

Sie läuft durch die mahdreifen Felder. Und kommt nie mehr zurück.

Erna Gerlach

Michael

Das weiche Ungefähr dämmernden Wintermorgen-Lichtes gab den Raum in Grau. Michael, der vierzig Stunden geschlafen, hinabgestürzt in bodenloses, traumschweres Sein, erwachte von dem gleichmäßig tröpfelnden Geräusch des Regens. Seine weitaufgerissenen Augen lagen da wie klare Bergseen, kalt und morgenfrisch, still, wartend. Michael hob die Hand, sah das Gelenk vom Morgengrauen umkettet, wendete den Kopf und trat bewußt in den Raum zurück, den sein Schlaf fast zwei Tage verlassen. Quer über dem Tisch, in der Mitte des Zimmers, lag seine Peitsche, der betreßte knopfbesetzte Rock des Droschkenkutschers lag zerknüllt, ein fragliches Etwas, neben einem Stuhl, einer der Ärmel, in der Mitte verdreht, streckte sich weit ab. Michael reckte sich auf, ganz kurz, scharf verneigend. Der Duft von Apfelsinen kam aus dem Schrank zum Fußende des Bettes. Ein Hungergefühl stieg aus dem Magen in Michaels Bewußtsein hinauf. Er warf die Decke zurück, ging an den Schrank und holte sich einige der goldenen Früchte heraus, die er hastig, die Schale herunterreißend, verschlang. Die Safttropfen rieselten an seinen Fingern entlang und fielen zu Boden. Als der erste Hunger gestillt war, blieb Michael, der beim Essen unbekleidet im Zimmer auf und ab gegangen war, stehen. Grübelnde Falten furchten sein Gesicht. Irgendwo lagen sie, gestern, Gedanken, Taten, die keinen Weg in das Heute fanden. Michael ließ die schweren Augenlider herunterklappen, wartete. Dunkel war seine Seele. Wie ein endloser Korridor fühlte es Michael, aber nirgends mündete eine Tür, die ihn einließ zum Schauen. Bis plötzlich, war es der Tag, der Laute hineinwarf in sein Warten, Laute, die Verbindungen schufen, ein Licht leuchtete. Schwindelnd drehte sich das Licht auf gewundenen Treppen. Zuckende Hände liefen in Antworten zusammen, Gesichter näherten sich, füllten den dunklen Raum der Vorstellungen, Gesichter, Glieder schoben sich durcheinander, hingen eingehakt im Verstehen. Michael öffnete die Augen, schlug mit den Händen flach in die Luft, wie ein Knabe, der übermütig auf einen glänzenden Wasserspiegel schlägt. Die Rache. Er hob seinen Blick vom Boden auf und knallte mit der Peitsche. Der klatschende Ton sprang fremd und unverständlich in den Apfelsinenduft, den Michael wollüstig einatmend genoß. „Ich will zu Mathilde gehen", sagte Michael laut, vor seinem Bett stehend, und drängte mit seiner frischen Stimme Gesichter zurück, die sich vor Mathildes Bild schoben. „Hier bin ich", sagte Michael lachend und hob den Droschkenkutscherrock vom Boden auf. Er schlenkerte ihn hin und her und gab ihm Prügel, wie einem unnützen Kinde.

Das verschwimmende Winterlicht, das endlos gestreut nach Auflösung rief, lag noch am Mittag im Zimmer. Michael war noch immer nicht ganz angekleidet. In dem kleinen Kanonenofen flackerte ein Feuer, leise knackend und sehr wärmend. Michael warf von Zeit zu Zeit Buchenscheite hinein, er benutzte niemals Kohlen, sondern immer Holz. Er saß vor dem Schreibtisch und kramte in Papieren und Aufzeichnungen über seine letzte Tätigkeit. Michael rechnete die Tage und Wochen zusammen und kam zu dem Schluß, daß er zwei Monate nicht bei Mathilde gewesen war. Michael besaß keinen Kalender, er konnte nur nach Erlebnissen rechnen. „Vielleicht sind es auch drei", sagte er seufzend und schob die Papiere hin und her. „Es ist schwer, sich zu besinnen. Ich will nun arbeiten", sagte er und sprach zu sich selbst mit der Natürlichkeit des Einsamen, dessen Ich gezweit ist in Frage und Antwort. „Nein", sagte er nach einer ganzen Weile, eine Frage schien gestellt worden zu sein. „Nein, das ist auch nicht alles, aber immerhin viel, sehr viel. Ich muß arbeiten." Der Duft von kochendem Kakao zog durch das Zimmer. Michael hatte sich einen warmen Trank bereitet, aber er vergaß, ihn zu trinken, und der Kakao kochte weiter, schmurgelte weiter zu einer dicklichen Masse auf dem Boden des Topfes, bis es einen brandigen Geruch gab. Michael zog sich endlich an mit jener Gleichgültigkeit, die Menschen eigen ist, die nicht wissen, daß Linien der Kleider verraten können. Er hatte seine Frau und seine Kinder längst wieder vergessen. Mathilde, nun ja, das war eine Frau, die ihm einmal begegnet war im Leben, die er besessen, die von ihm verlangte, als das erste Kind geboren werden sollte, daß ihre Ehre legitimiert würde vor der Welt. Alles dies hatte Michael getan, gleichsam im Vorbeigehen, denn er hatte keine Zeit gehabt, sich aufzuhalten, sein großes Werk wartete. In den Schränken häuften sich die Manuskripte. Er zog jetzt auf gut Glück eins heraus. „Ephraim" stand mit dicken Buchstaben darauf. Ja, das war noch aus jener Zeit, als Michael Marqueur in Ephraims Kaffeehaus war. Michael glättete eine Ecke und dachte an die Menschen, denen er dort begegnet war. Lebten Männer dort? Nein. Männer spielten dort nur, machten Zwischenstationen. Frauen? Er sah von ihnen allen heute nur noch ihre nackten Schultern, die sich seltsam bewegten, messerscharfe Wahrheiten verrieten. Sie bewegten sich in Variationen, völlig entschleiert, immer offenen Szenen, aber der Sinn blieb völlig fruchtlos. Vielleicht verrieten ihre nackten Kehlen mehr, die hintenübergebogen den Kognak herunterlaufen ließen. Lebten Frauen dort? Es war nicht zu sagen. Auch diejenigen nicht, die nur kamen aus Neugier, spaßeshalber, sie hielten die Schultern still unter verratenden Spitzentüchern, tranken, den Oberkörper vorgeneigt, vorsichtig, nippend, aber ihre Hände gestemmt gegen die Marmortischchen, warteten nur. Das Licht in ihren

Augen erlosch, wenn sie aufstanden, kalte Abwehr im Gesicht, sich selbst mit einer kleinen Ärgerlichkeit den Mantel um die Schultern warfen, ohne sich nach ihren Begleitern umzusehen, hinausschritten zu ihren Wagen, die sie dorthin brachten, wo das Wort „Nachtleben" und „Kaffeehaus" einen Klang gewann, der das wohltemperierte Leben der Bürgerlichen abschreckte. „Aber es muß doch einen Sinn haben", sagte Michael. „Welcher Aufwand an Menschenkraft, an Licht, Räumen, Speisen, Getränken, Musik. Und alles nur für ein Zwischenleben und Zuschauerleben?" – Michael legte das Manuskript „Ephraim" wieder in den Schrank, drehte den Schlüssel herum und entschloß sich endlich, seine Gedanken herumschleudernd, doch zu Mathilde zu gehen. – – – – – – – – – – – – – – – – – –

Sie empfing ihn mit der Mißachtung, oder war es ein Mißtrauen, das ein Mensch hat, der einen anderen arbeiten sieht, aber arbeiten, ohne daß ein fertiges Werk, das standhalten kann, vor der Kritik der Menschen, sein Tun krönt. Sie fand keinen Vorwurf für dies alles. Ein spärlicher, letzter Rest Hingabe an den Mann, der der Vater ihrer beiden Kinder war, drängte sie zurück. Mathilde bewohnte eine nette Vierzimmerwohnung, groß, geräumig, die aber nach Westen und Norden lag, und in die sich nur verspätet, am Abend, mühsam einige Sonnenstrahlen zwängten. Alles in diesen Zimmern redete von Ordnung und Sauberkeit, alles in einem Maße, das peinlich wirkte und Kälte hinterließ. Der blankgebohnerte Fußboden warnte energisch, und die weißen, vielfach säuberlich gestopften Gardinen hingen so gerade und steif vor den Fenstern, jedes Stück Möbel reckte sich noch einmal im beklemmenden Bewußtsein seiner Nützlichkeit. Der Duft von Seife, Terpentin und Öl lagerte darüber, aufdringlich. Nirgends lächelte eine Blume, die Blattgewächse, deren Blätter staubfrei im frischlackierten Grün dastanden, blütenlos, langweilten sich. Für Michael blieb es zu jeder Zeit unverständlich, daß kein Duft in dem Zimmer lag, der geheimnisvoll flüstern konnte und Träume auf zuckende Nerven legte. In seinem eigenen Heim lag immer der Duft von frischem Obst und Blumen, die zwar oft etwas welk, aber desto süßer dufteten. In all diesen Duft ergossen sich die Wohlgerüche guter Seifen, Salben und Wasser, die ihm zur Körperpflege unerläßlich schienen. Michael sprach jetzt davon, in einer leichten Müdigkeit vorausfühlend, daß es wie immer vergeblich sei. Der Duft der rosa Nelken, die er mitgebracht hatte, irrte zwischen seinen Worten und wagte sich nicht um die abweisende Frau und ihre fatale Ordnung zu schleichen. Michael behielt die Nelken beim Sprechen in der Hand, so, als fühle er die Tragik dieser Blumen, die nicht hierher gehörten. Mathilde saß ihm gegenüber in einem Stuhl, ohne sich an die Lehne zu drücken, und betrachtete mit stiller unverständlicher Miene Michaels rechte Hand, die leise, liebevoll immer wieder über die Köpfe der Blumen glitt, anklagend. „Arbeitest du jetzt, Michael?" Sie fragte immer so mit sorgender, bekümmerter Miene. Michael erriet ihre Gedanken. „Brauchst du Geld, Mathilde?" fragte er mit erkaltender Stimme. Seine streichelnde Hand sank von den Blumen herab. „Nein", sagte Mathilde, und niedergezwungene Erregung und Scham ließen ihr blasses Gesicht noch farbloser und ohne jeden Ausdruck erscheinen. „Auf der Bank ist noch genug." Sie sagte das mit offener Bitterkeit. Das Geld auf der Bank hatte Stefan, oder Leonhardt, vielleicht war es auch Lukas oder Jakobus, überweisen lassen. Mathilde schwieg. Michael sprach niemals selbst von seinem Leben, und sie schämte sich, nach seiner letzten Zeit zu fragen, wo er sein Leben als Droschkenkutscher führte. So ausgefallen war seine Idee, so vollkommen irrsinnig, für das kleine, bürgerliche Hirn dieser Frau. Gab es keinen anderen Weg für einen Mann wie den ihren, der alle Examen

112

mit „Gut" bestanden und dem Intelligenz und geistige Bewegungsmöglichkeit zu großen Aufgaben berechnet schien? – – –

Michael trank bei Mathilde Kaffee. Sie störte ihn alle Augenblick hoch mit Hausfrauenfragen. „Willst du lieber heiße Milch?" „Ist der Kaffee auch stark genug?" „Hast du Zucker?" „Magst du auch ungesalzene Butter?" „Ist dir die Orangemarmelade süß genug?" „Einen Likör habe ich nicht, nein. Willst du eine Zigarette?" Sie holte ein kleines Schächtelchen, eigens für ihn gekauft und seit Wochen aufgehoben, weil er das letzte Mal vergebens danach gefragt. „Ist es dir warm genug im Zimmer, ich lege nach", und sie stocherte und lärmte am Ofen herum und, weil einige Kohlen vorbeigefallen waren, ging hinaus, holte ein Wischtuch und wischte den Staub vor dem Ofen auf. Michael betrachtete sie schweigend. Die Worte Christi klangen in ihm nach: „Martha, Martha, du machst dir viel Sorge." Die Kinder kamen herein, von einem Spaziergang heimkehrend. Sie bewegten sich mit der stillen Ruhe von Menschen, die gelernt haben, immer auf sich zu achten. Michael, der ihnen eine Tüte, gefüllt mit gebrannten Mandeln, mitgebracht hatte, zog sie zu sich heran. Sie lächelten, dankten, aber öffneten die Tüte nicht. Michael riß sie ihnen heftig aus den Händen und schüttelte den Inhalt der Tüte auf den Tisch, so daß einzelne der Mandelkerne über die Kante herunterpurzelten. Der Älteste der Knaben hob sie auf. „Kann man die noch essen, Mutter?!" und eine ängstliche Gier zitterte plötzlich über das Kinderantlitz. Der schien nicht gewohnt zu sein an viel Süßigkeiten und bedauerte es. Michael wandte sich gequält ab. „Holt eure Schulhefte", sagte Mathilde, „zeigt sie eurem Vater." Aber Michael hob abwehrend die Hand. Er interessierte sich nicht sonderlich für die Erfolge seiner Kinder in der Schule. Mathilde setzte eine gekränkte Miene auf, Michael sah es, sie tat ihm unsagbar leid. Eine weiche Güte sammelte sein Gesicht zu einem Verstehen, aber ihm fehlten die Worte auszudrücken, was er wollte. Die Stunden krochen langsam dahin, schwerfällig, ohne Inhalt. Der Abend kam, und Mathilde deckte den Tisch zum Nachtessen. Michael, der in der Ecke des Zimmers saß und sie beobachtete, fühlte, wie ihre Hände überall waren, unabsehbar. Ihm graute vor diesen breiten, sehr weißen, niemals rastenden Händen. „Es ist alles bereit", sagte sie befriedigt und lud ihren Mann ungeschickt mit einer flüchtigen Gebärde zum Näherkommen ein. Michael aß. Das Essen war sorgfältig zubereitet, und er ließ es sich schmecken. Mathilde selber aß fast gar nicht, die Kehle war ihr wie zugeschnürt. Sie spürte einen brennenden Drang, Messer und Gabel hinzuwerfen und bitterlich zu weinen, über diese Ehe, die allen Begriffen dieser Institution Hohn sprach. Aber sie faßte sich gewaltsam. Mit zitternden Mundwinkeln sprach sie schüchtern, Michael haßte diese Art zu sprechen. Sie wußte das und wurde noch verwirrter, ihr dunkler Kopf hing schief und sentimental auf die Schulter. „Warum ist man so viel allein?" Michaels Augen standen still. „Einsam im All, gemein mit allem", sagte er anspruchslos und ruhig. Mit solchen Worten jagte er, ohne es zu wissen, Mathilde zurück in die hinterste Kammer ihrer Gefühle, wo sie sich verkroch, anklagend und verzweifelnd. Er wartete auf eine Entgegnung; aber sie strich gleichmütig, als hätte sie nie geklagt, eine neue Schnitte Brot für ihren Mann. „Bleibst du draußen wohnen?" fragte sie ihn plötzlich. Michaels Messer klirrte dunkel auf dem Rand des Steinguttellers. „Draußen?" fragte er zweifelnd und hob die Schultern, als fröre ihn plötzlich. Seine helle, sonnige Zweistubenwohnung in der Vorstadt nannte seine Frau „draußen". Sie war nie dort gewesen, wußte nichts von diesen Räumen, die Licht und Wärme festhielten. „Ja", sagte er, „ich bleibe draußen wohnen." Er betonte es scharf, das letzte Restchen Stimmung war zerrissen. Michael ging bald nach dem Essen. In

Mathildes Augen stand eine Frage: „Wann kommst du wieder?" Aber Michael ging darüber hinweg. Er wußte es auch nicht, wann er wiederkam. Der Dezemberabend war in Nebel gehüllt. Michael schritt, die Hände tief in die Taschen vergraben, langsam die Straßen hinauf. Irgendwo war in seinem Innern etwas zusammengestürzt bei Mathildes Frage: „Bleibst du draußen?" Diese Frage war eine Kränkung, eine von jenen, die man nicht vergaß, weil sie unbeabsichtigt, gedankenlos geschah. Michael stieg an der Ecke der Straße in die Elektrische. Er hatte kein Ziel, er fuhr planlos ohne jeden festen Gedanken bis zur Endstation, stieg in eine andere Bahn, in immer neue Bahnen, fuhr stundenlang herum, gelähmt in seiner Willenskraft. Und dann, ganz plötzlich, fuhr er nach Hause. Er saß im dunklen Zimmer, aber er hatte Feuer in seinem Öfchen angezündet, und hockte mit hochgezogenen Knien davor. Rotgelbe Flammen tanzten auf den kreuzweise geschichteten Hölzchen. Michael fuhr ab und zu mit den Händen in das Ofenloch und erneuerte den kleinen brennenden Stapel. Hinter ihm im Zimmer tickte eine Uhr, in die tiefe Stille schlug das feine Ticken der Uhr gleichmäßig und beruhigend, zählte die Stunden geduldig hinüber in die Endlosigkeit des Wartens. Neben Michael ausgestreckt lag eine große starke Bernhardinerhündin, die er vor einigen Wochen halbtot auf der Straße aufgelesen hatte, die er wochenlang in allen Zeitungen ausgeboten, ohne daß sich jemand gefunden, der der Besitzer zu sein erklärte. Michael hatte ihr den Namen Traviata gegeben, nur so, aus der Freude heraus über die wohlklingenden Stellungen der Vokale. Er hatte diese Hündin gesundgepflegt, liebte sie mit der ganzen Zärtlichkeit einer herben Knabenseele, wie einst seine Rüden in der Jugend. Traviata leckte sich die Pfoten und knurrte in leisem Behagen. Michael tätschelte ihr den Kopf. Obwohl Michael keine besondere Arbeit vorhatte, auch keine Neigung verspürte, im duftenden Erinnerungsgarten herumzuwandern, ging er nicht zu Bett. Er vergaß es ganz einfach. Es gab für ihn keine geregelte Einteilung des Tages und der Nacht. Er schlief, wenn er müde war, er aß, wenn ihn hungerte, trank, wenn ihn dürstete, und machte Feuer in seinem Ofen an, wenn ihn fror, und sperrte die Fenster weit auf, ließ Sonne und Wind hereinstreichen, wenn er sich erhitzte. Die bürgerlichen Maße des Lebens faßten seine Begriffe nicht mehr. In seiner vielen Einsamkeit, er besaß keine Freunde und keine Geliebte, lebte geschlechtlich fast als Asket, sprach er mit sich selbst, wohlmeinend und besorgt, dann wieder zornig und streitbar. Wenn ein Dritter zugehört hätte, hätte er glauben können, hier spräche ein Vater zu seinem Sohn. In dieser Nacht schwieg Michael. Die Uhr rief laut die Stunden aus, er wandte den Kopf und bewegte die Hände vor dem Gesicht, verneinend und abweisend. Endlich kam der Morgen, strich herauf kalt und schneidend, in der Nacht hatte es gefroren. Und als Michael endlich auf die Straße und den Garten hinabsah, bemerkte er Schnee. Michael badete lang und umständlich, der halbe Vormittag ging darüber hin. Traviata saß im Badezimmer neben der Wanne und heulte in langgezogenen Klagetönen, wenn Michael sie bespritzte. Als er endlich selber fertig war, badete er die Hündin, trocknete, kämmte und bürstete sie, als gäbe es nichts Besseres auf der Welt, als dies. Seine Wirtin kam herein und mahnte ihn an die Miete. Er lachte, bezahlte sie mit Geldscheinen, die er zwischen seinen Papieren nach einigem Suchen fand; denn nichts in Michaels Wohnung hatte einen festen Platz. Er schloß sich ein, nachdem die Frau gegangen war, und versuchte zu arbeiten. Aber er fand keine Tinte und schnitt sich mit dem Messer, als er seinen Bleistift anspitzen wollte. Als er das Blut abgewaschen hatte, hatte er seine Arbeit wieder vergessen.

Angela Hubermann

Trommler Okerlo

Okerlo steht auf dem roten Ziegelboden, die Zehen etwas ein-
gekniffen und kaum bemüht, ruhig zu bleiben; Adéle betrachtet
den Boden und schluckt durstig mit großer Mühe.

Sie richtet sich langsam auf und sagt unfreundlich:

„Es ist sehr leicht möglich, daß ich heute nicht singen kann!"

„So, so –", sagt er, und nach einer Pause: „Wie? – du
meinst? –Wasser soll ich dir bringen?"

Seine Augen hängen starr an dem großen Mund seiner Frau.
Die schmalen Lippen desselben kräuseln sich ganz willkürlich
und nehmen eine neue Form an.

Okerlo, der mit seinen Blicken nicht mehr zu folgen weiß,
schließt keuchend die Augen. So tappt er zum Krug und ver-
gießt mit zitternder Hand das Wasser auf seine nackten Füße.

Erschrocken und ganz verwirrt verläßt er hastig das Zimmer
und steht nun neben seiner Tür, ängstlich und horchend.

Er sagt zu sich leise:

„Ich muß zurück!" – und tritt mit den Füßen flach auf den
kalten Boden. Schleichend kommt er mit einem Glas an das
Bett:

„Adéle, ich mußte unbedingt hinaus, hier ist das Wasser."

Sie trinkt schluckweise, mit großem Ekel und spuckt den
Rest auf den Boden, so, daß einige Tropfen seine Füße treffen.

Gekränkt wendet er sich von ihr weg zum Spiegel, der lang
und schmal in die Ecke gepreßt ist. Mit aufgerissenen Augen
schaut er hinein. In rascher Folge entstehen Verzerrungen, die
schielend, mit gewellten Lippen, seiner Frau gleichen. Er beginnt ihre liebste Melodie mit dunkler Stimme zu singen, wobei
er zur Decke blickt, wenn er die kleine Stelle „von Gott" singt.

Er hat sie fast vergessen und wird gelähmt durch ihre Stimme; hilflos schaut er ihr entgegen und versucht nur noch schwach das eine Auge schielend zu erhalten.

Adéle ist ernst und übersieht seinen Zustand. Ihre dünnen Beine hängen über den Bettrand, während sie sagt:

„Die Trommel habe ich absolut nicht notwendig!"

Eine große Stille folgt, in die er plötzlich hineinschreit:

„Du willst nicht? – Wie? – Mit wem willst du jetzt erschrecken? – Adéle!" –

Seine Stimme ist ganz verändert, er erzählt langsam:

„Weißt du noch, wie ich darauf gekommen bin? Welche Freude uns das Erschrecken brachte? – Wenn ich unter dem Podium saß und mit der größten Anstrengung auf eine Stelle im Liede wartete, bei der ich auf die Trommel schlagen konnte? – Wie deine Stimme gepreßt klang bis zu diesem Trommelschlag und dein Herz so stark klopfte, daß ich es in deiner Stimme zittern hörte? – Wie stark du atmen konntest danach! – Adéle, du brauchst die Trommel nicht mehr?"

Okerlo sprach bereits gut akzentuiert, unpersönlich, mit etwas tragischer Gebärde. Es geht ihm durch den Kopf: „Ich werde ja sehen, wie sie ohne Trommel auskommt! – Wozu eine Antwort?"

Langsam beginnt er seine Schuhe zu schnüren und fordert Adéle auf, ins Café mitzugehen. Er sitzt geduldig lange Zeit, schaut nach der perückenartigen Frisur, die unter ihren mageren Händen entsteht, später auf ihren hellen hängenden Strumpf, dessen Lage er gerne geändert hätte, ohne jedoch den Mut zu finden.

Adéle geht immer einige Schritte vor ihm, auf den Stiegen und dann auch auf der Straße. Sie kränkt ihn absichtlich, er fühlt es, und eine geheime Freude steigt in ihm auf, ihr Interesse macht ihn glücklich.

118

Im Café sucht sie einen Tisch, aber Okerlo, durch sein Glück verführt, will den Platz bestimmen. So sitzen sie nun getrennt, Adéle sehr nachdenklich und Okerlo ganz verblüfft.

Er fragt sich wiederholt: „Kann man das ändern?" – und starrt auf die Sonnenfläche, die von dem Cafétablett strahlt. So wird er immer müder, trinkt nach langem Sinnen und sucht mit geblendeten Augen Adéle, ohne sie zu finden.

Mit unsicherer Stimme ruft er nach dem Kellner und wird erst beim Verlassen des Raumes seiner Frau gewahr.

Die Straße ist voll von Menschen. Okerlo steht ganz bei der Tür des Cafés, ohne Bewegung, und versinkt ganz in seine Beine, die ihn schmerzen und brennen. Dumpf denkt er: „Etwas Wasser hat sie draufgespuckt!" – als eine Wohltat erscheint es ihm jetzt, – auch an die Spuren denkt er, die der Ziegelboden davon behalten haben muß.

Hastig eilt er in das Hotel, stürzt zu dem Kopfende des Bettes und findet noch einige feuchte Flecke.

Er zieht mit Mühe die Schuhe von den Füßen und reißt die Socken herunter.

Aufatmend steht er auf dem Boden, voller Freude, immer dasselbe denkend: „Aus ihrem Munde kam es – –"

Immer schneller braust das Blut, vor seinen Augen ist ein undeutliches Geflimmer, ein ungeheurer Mut erstickt fast seinen Atem bei dem Wunsch: „Ich werde sie auf das Bett legen und den Mund für mich verlangen!" –

Die Tür geht langsam knarrend auf und Adéle kommt erhitzt und müde in das Zimmer.

Okerlo steht, ohne sich zu rühren, bleich und lauernd.

Sie wirft sich auf das Bett und lächelt ihm mit geöffnetem Munde zu. Er ist ganz erstarrt. Was kann er tun? – Wie? – Sie liegt ruhig und lächelt ihm entgegen? – Sie lächelt? –

Okerlo sinkt in die Knie und schaut verlegen in ihr Gesicht.

Henriette Hardenberg

Ausgesprochene Schwachheiten

Lotte saß unzugedeckt auf ihrem Bett; sie war noch halb angezogen. Sie überlegte so traurig, daß sie sich mitten auflehnte und die Strümpfe anließ, ebenfalls die Hosen. „Ich starre meinen Freund an, als sei er ein zusammengebrochenes Pferd, aufmerksam und durchbohrend schicke ich ihm meine Augen; ich bin zu aufdringlich." Sie hatte den rasendsten Wunsch, zwischen ihm und sich eine Tür aufzureißen und herauszutreten, dann würden sie sich deutlich sein. Sie lachte hell auf, als ginge sie noch neben ihm. Wenn sie ihn hörte und bei sich fühlte – er nahm wohl ihre Hand beim Gehen in den Straßen –, fuhren ihr viele Bilder herum, trotzdem sie nicht von ihm rückte und seinem augenblicklichen Wesen.

Das Meer brachte sie ihm, ein Boot stieß sie herein, sie selbst, ließ sich nicht unterstützen und dankte ihren Beinen, die sich stemmten, wie ihr Kopf so hart. Sie hatte ihn auf eine Wiese gepackt, als seien die Gräser Decken, und er schlief; sie blieb bei ihm. Als seine Augen unfrisch vom Schlaf, holte sie Wasser aus dem Bache und feuchtete ein Tuch; sie wurden gewischt. „Ihr blanken Teller", jauchzte sie, „ich bringe euch die Welt! Sonne war ein Hauptgericht. – – – Viel Wände müßten herbeilaufen und sich zusammenfügen; wir hätten ein Zimmer für uns. Ich verstände es, Lust zu bringen und Zusammenhang, Bewußtsein für das Geschehen."

Vielleicht waren deshalb ihre Augen so voll Druck.

Meist war Lotte verloren in ihre Grübeleien; sie war völlig aufgeweicht von sich und stampfte unwillig im eigenen Morast; stets sank sie von neuem ein und ergab sich nach längerer Zeit diesem Tode. Anstatt zuzuwerfen fand sie immer wieder Reiz, sich aufzudecken und Grund zu suchen in ihrem Schlamm; ihren Freund zog sie mit herein, wollte es nicht einmal, aber hartnäckig umschlich sie ihn mit ihrer irren Lücke. Er blieb trotzdem weit draußen, war nur angetastet dadurch. Sie wütete über das Falsche, das sich zwischen ihnen entzündete und ihnen am Glanze zehrte. Ganz plötzlich hatte sie Einfälle und Interessen, rief ihn; sie waren einverstanden und sprachen, lösten sich ab, mitten in der Rede klang das andere hinein, sie konnten sich ergänzen und litten nicht. Lotte strahlte über seine Kraft, daß er für sie erklärte, und sie sich freudig empfanden, ohne Schwere sich entwanden und neu einten. Nach solchen Stunden war sie gern zu Hause; sie prüfte die Worte nach, die Bewegungen; es stimmt, gestand sie zu und sprang in der Stube umher, warf sich auf die Erde und hüpfte hoch, die gelbe, heftige Blume. Thomas, ihr Freund, rannte zur Wohnung, schloß auf und stürmte hinein. Am Schreibtisch mit der Lampe fand er Ruhe. Woher sein Lächeln trieb? Es stieg um sein Gesicht, wie der Dampf von gehetzten Tieren, es hing um die Nase, an Augen und Mund, als breitete es die Winkel zur Fläche. Unter der Haut schienen die Ursachen zu sein, und das Sichtbare hätte ebenso gut von einem Gähnen verschluckt werden können. Innen blieb die eiserne Form; die veränderte sich. Thomas hatte geschrieben; er zog sich aus, um sich kalt zu waschen: ohne Bedenken und Auffallen stand er mit seinem nackten Körper. „Sie ist mein gutes Mädel", fiel es ihm nachher ein.

Einen Tag später fanden sie sich: Thomas fand Lotte sehr schön; sie hatte etwas auf ihn gewartet, und nun streckte sie ihm ihren Arm entgegen; er dachte bei sich, der wär' länger geworden und stehe da wie ein Baum, oder Lotte sei dichter bei ihm. Er sagte nichts davon, daß er mit ihr allein sein müßte. „Ich bin deine Erde, frische, duftende Erde; streiche mich glatt du, ich bin aufgelockert." Sie stiegen eine Treppe; nicht sehr

hoch und gelb war der Eingang, der zu einem altmodisch einge-
richteten Zimmer führte. Rote Plüschmöbel, häßliche Bilder an
den Wänden, Photographievergrößerungen, Vater mit breitem
Schädel auf kurzem Halse, Tochter und Sohn auf jeder Seite,
beide mit eben denselben eckigen Schultern. Papierblumen in
grünen Vasen, so plump und undurchsichtig wie Scherben von
Bierflaschen. Lotte war ängstlich geworden zwischen diesen
Sachen. Als sie aufblickte, sah sie den Kopf von Thomas; er
war bleich, als läge er im Sarge, dann wieder leuchtete er scharf
gegen das Gerümpel. Sie wollte hin, ihn anfassen. Der Anzug
ist um ihn herum, es ist nirgends Platz, um ihn zu greifen, es ist
keine einzige Stelle frei. Er kam selbst etwas taumelig, sie
verstand das sehr gut in diesem Augenblick, gerades Gehen
wäre viel zu streng gewesen; er hob sie hoch; auf einem Sofa
lag sie dicht neben ihm, an seinem ganzen langen Körper entlang. Sie wollte sich nicht rühren; es war warm bei ihm. „Mit
jedem Ausatmen küsse ich deine Schmerzen zu", sagte sie.

Sein Gesicht war wie ungefügt, war wie verschwommen und
schwülstig, seine Stirn ragte wie verlassen aus diesen Schwel-
lungen. Ah, wie sie steil war und kühn! Dahinter liegst du,
mein Freund; sie glaubte, daß er heimlich sei und sich verberge
vor ihren Wanderungen, daß er die Wirklichkeit zerriß, die
Verbindung mit ihr, seine Einsamkeiten. Seine Richtung ver-
ließ er, seinen Willen würgte er, er schlug sich selbst. Sie suchte noch eine Kraft und stieß ihn von sich.

„Das muß ein Fehler von dir gewesen sein, Thomas",
schrieb sie noch am selben Abend an ihn, und er: „Bleib trotzdem meine Fee." –

Die dachten an sich und den Andern.

Sophie van Leer

Die Flut

In der Mittagsglut hockt sie unter dem brütenden Dachgebälk und summt. Zwischen ihren Knien klemmt sie eine Puppe.

Er windet den Körper durch die enge Wendeltreppe und läßt sich neben ihr nieder. Sie näht den zerrissenen Puppenleib, leimt eine blondlockige Perücke auf den kleinen Porzellanschädel, zieht Pantöffelchen aus Pappe an die winzigen Füßchen.

„Du!"

Sie beugt den Kopf vor.

„Du!"

Er legt sein Gesicht über ihre Schulter, seine Wange gegen ihre. Sie wühlt zwischen Puppenkleidern.

Er wirft ihr Spielzeug um, zertritt es, gleitet am Geländer die Treppe nieder.

*

Eine Glocke schlägt, und eine Planke dehnt sich. Er wirft den Körper um. Heiß streichen seine Sohlen das Laken. Eine Flamme flackert im Winde, eine Lampe wiegt an einer Kette.

Seine Zunge wühlt am glühenden Gaumen. Sein Kopf zerrt über die Kissen. Seine Hände umkrammen die Pfosten. Wirr spinnen seine Finger auf der Decke. Die Hände zögern nach der Wand.

In Schluchzen gleitet er zurück und stürzt sich rücklings zu Boden.

*

Ihre Blicke haschen sich. Ihre Bewegungen holen sich ein, vereinen sich. Er atmet den Gesang ihrer Schritte.

Wenn sein Blut flehend raunt, tragen ihre Füße sie nicht mehr.

Wenn seine Hand neben ihren Augen sich fragend senkt, bricht ihr Herzschlag auf und sprengt ihre Adern. Wenn der Wind den Blütenduft seiner dunkelblassen Haut herüberspielt, spülen wilde Wellen über sie und würgen ihre Kehle.

Hochauf werfen sie sich in den Himmel, fallen nieder in den lohen Brand, der sie umleckt und flattert, wildgierig um ihr Lager schleicht und schmeichelt, duckt und taumelt, tänzelt, ringsum, ringsum.

Auf der Gondel seines Atems trägt er sie empor, bettet sie in Wolkenhängen, pflückt ihr Sterne, schattet ihre Lider.

*

Nachts hören sie die Gartenpforte klagen. Die Messingkette schwebt und schwenkt und stöhnt im Sturm.

„Höre mich. Rufe mich. Rette mich", schmerzt er mit zerrissenem Atem und bäumt die Glieder.

Und ihr Gebet kniet neben seinem Bette. Kühl fassen ihre schmalen Finger ihn an und glätten mit Kosen die zerren Züge seiner irren Qual.

*

An schwülen Abenden in seiner Kammer martert zehrendes Verlangen sein Gehirn. Glühende Griffe schütteln sein Blut. Lüstern gehen seine Gedanken um.

Sein Tasten umwölbt ihre schneeigen Schenkel. Lechzend pressen seine Lippen den Rücken ihrer Hand. Seine Tränen schluchzen in ihren Schoß.

„Laß mich dein Sklave sein, den deine funkelnden Füße treten. Um deine Bahre baue ich blaue Beete und wirke Teppiche aus glitzernden Silberhalmen.

Die du in meinen Träumen bist, daß ich mein Lager blutend zerwühle. Im Dunkel zucken meine Glieder nach dir, umpranken tückisch deinen Leib, knien deine Hüften. Brandend umbraust dich mein Begehren.

Gib mir deine Tulpenlippen, deinen schimmernden Nacken, deine kleinen, zitternden Brüste."

*

Zwei Schatten gleiten durch den nächtigen Weg. Ihre Füße suchen scheuchen Schritts den Boden.

Der Weiher fröstelt. Sie stehn im Boot geschmiegt, umhüllen sich mit ihren Schultern.

Sie wiegen, leise, stärker, lauter, schwer im Beugen.

Wellen wachsen, kreisen, ebben.

Friedel Louise Marx

Sehnsucht

Ich öffne die Türe und trete ein. Das Zimmer breitet sich mir warm, dunkel entgegen. Dein Schreibtisch hebt sich aus dem Dämmer: Manuskripte, Zeitschriften, Nelken, verklungene Frauenworte sind irgendwie mit ihm verwoben, halten meine Gedanken für Augenblicke auf, und tauchen wieder zurück in den Dunst.

Ich weiß nicht, ob Schränke an den Wänden stehen, ob dort Bilder hängen. Der Kreis wird enger, der mich umdehnt. Ich spüre mich aufgesogen von dem Lichtkegel der Stehlampe und dem Flackern des Kaminfeuers.

Warum hältst du ein Buch in Händen? Warum willst du deine Gedanken von dem ablenken, was sie denken müssen? Ich weiß, du liest nicht. Du wartest auf mich.

Du! meine Stimme übertönt Gedanken.

Jetzt siehst du mich; ich bin bei dir. Um uns versinkt alles.

Sind wir noch in dem Zimmer? In der Stadt mit den vielen Menschen? Ich glaube es nicht!

Wir sind weit fort!

Wie leise du antwortest!

Deine Lampe schläft; wir treiben Fernen entgegen.

Draußen rieselt der Schnee.

Dein Atem haucht über meinem Atem; ich sehe dich, doch meine Augen sind geschlossen.

Ich sehe so tief in dich! Du bist ein Himmel, weil sich in dir alles Geschehen weitet und über Sterne und Monde langt.

Ich schwebe in dir.

Das Kaminfeuer knistert. Ich öffne erschreckt die Augen. Da streichelst du mich, und deine Stimme hüllt sich weich in den Dämmer:

Du! Wir sind zwei schweigsame Menschen, und hätten uns doch viel zu sagen.

Wir beginnen wirklich ein Gespräch.

Wir erzählen, wie wir zueinander kamen, ohne voneinander zu wissen, wie wir damals von Dingen redeten, die von einem gegenseitigen Zueinandergehen nichts ahnen konnten.

Nun bin ich bei dir, losgelöst von allem, was mich hemmen könnte, und du bist bei mir.

Du hast eine Frau, du hast ein Kind; ich habe einen Bräutigam. Es sind noch andere, die uns an sich binden. Aber wir beide sind Menschen, die wir immer wieder jenseits des Alltags suchen; wir sehnen uns weite Wege zu gehen, um Erde wie Himmel zu spüren.

Unser Gutseinwollen und unsere Ehrlichkeit sind einziger Maßstab für jegliches Handeln.

Wir wollen dorthin gehen, wo wir wachsen; ob wir Höhen oder Tiefen zuwachsen, ist gleich.

Wir verschlingen unsere Hände, und unser innerstes Sein beginnt sich zu enthüllen.

Du!

Ich gehe dem Klang meiner Stimme suchend nach: ich will sehen, mehr sehen. Ich zweifle, ob ich bei dir bin.

Meine Hand dreht unbewußt die elektrische Stehlampe an.

Ich sehe:

Einen viereckigen, fremden Raum, nirgends ein Bild, einen Kleiderschrank, Waschtoilette, meinen halbgeöffneten Koffer.

Ich besinne mich, richte mich auf.

Jetzt erinnere ich mich, daß ich in einem Hotel schlafe auf der Durchreise nach einer süddeutschen Stadt.

Ich hatte den Nachtzug verfehlt.

Ich weiß, in meinem Koffer liegt ein Brief; ich suche hastig, finde...

Nein! Nicht lesen!

Es soll dunkel sein!

Die Lampe erlischt.

Der Ofen glimmt zum letzten Mal auf; man hatte darinnen Feuer angelegt, weil die Zentralheizung gesperrt werden mußte.

Ich liege wieder in dem fremden Hotelbett, das mich am Abend aufnahm.

Draußen klopft der Schnee an mein Fenster.

Ich halte den Brief an meine Brust gepreßt und spüre, das Herz schlägt und schmerzt.

Warum bin ich gefahren? Warum liege ich hier? Warum traf ich dich nicht wieder?

Wir hatten uns noch viel zu sagen, da wir einmal ein Gespräch begannen.

Du!

Ich weiß, du leidest.

Nein! Du darfst nicht leiden! Gib du mir alles Weh; für dich darf sich mein Fernsein nicht bis zur Unerträglichkeit steigern!

Dein Brief stöhnt auf, und ich halle sein Stöhnen wider.

Wir sind weit voneinander; ein Stück Erde liegt zwischen dir und mir.

Maria Luise Weissmann

Kleines Impromptu im Herbst

Ich glaubte damals, daß es das Unglück war, das mich belauerte. Ich glaubte es für einen Augenblick; für den entscheidenden. So blieb es ungeschehen, denn es will nicht erkannt sein, ehe es getroffen hat. Es stahl sich leise fort aus seiner wundersamen Verwandlung, aus diesem großen roten Heidekrautbusch zu meinen Füßen. Oder sollte es doch nicht das Unglück gewesen sein? Ich weiß es nicht. So jedenfalls ging es zu:

Ich fuhr im Herbst – aber ich muß erst von mir und dem Herbste berichten. Ich muß erst sagen, daß der Herbst die größere Seligkeit ist. Die ewige steht arm neben ihr. Wie kann man ein Glück auskosten, von dem man weiß, daß es morgen und alle Tage sein wird? Die Seligkeit des Herbstes ist so: Du gehst durch eine Luft, die unendlich ist, du atmest sie ein und sie verbindet dich noch mit den fernen und violetten Gipfeln. Sie trägt die Atome deines Leibes in sich, sie hat sich in dich ergossen und schwellt dich mit sich ins Unermeßliche. Du reichst bis an die gläserne Bläue des Himmels, Kaskaden des Lichtes durchströmen dich, die unerhörte Farbe des Laubes rinnt durch dein Blut, du schmeckst die weite Leere des Feldes und den fern aufsteigenden Rauch der Kartoffelfeuer, hörst noch den Laut der Okarina, die ein Hirt auf einsamer Weide seinen Kühen vorklagt, du preist das Leben, das Leben, du bist erschüttert von Leben, oh, und du atmest doch rings schon die ungeheure Wollust der Verwesung in dir, um dich: den Tod; aber du lebst, aber du lebst, nur jetzt, nur diesen Augenblick gewiß...

Aber ich wollte vom Unglück erzählen, wie es mich belauerte in einem Erikabusch, er war rot und betörend. Ich bin ein einsamer Mensch und ein Heide: ich konnte niemals niederknien und anbeten, wunschlos verehrend. Was mich berauscht, das will ich mir gesellen, daß meine Einsamkeit sich in der Liebe betäube. Ich wünsche zu sein, was mich entflammt: dieser Herbst, zum Beispiel, als Kind spürte ich ihn wie heut. Ich wäre gern ein Blatt gewesen, ein rot und gelbes Blatt. Ich wäre ebenso sanft geschaukelt in Kreisen zur Erde geglitten; wie schwer mein Körper, da er nur fallen konnte. Und weil er traurig war und seiner schwerfälligen Nüchternheit sich schämte, webte ich ihm aus Ahornblättern, aneinandergeheftet mit den Nadeln der Kiefer, ein buntes Gewand, ein schleppendes Gewand aus hundert bunten Blättern: so ward ich, kindlich, der Herbst. So ging ich als Kind über die leere Wiese, eingehüllt in Herbst, überschüttet von Herbst, sollte ich heute nicht die Hand ausstrecken dürfen nach diesem kleinen Blütenbusch zu meinen Füßen?

Aber ich sagte schon, daß ich fuhr. Ich stand auf der Plattform des Zuges, weil diese Luft, die unendlich ist und dich noch mit den fernen und violetten Gipfeln verbindet, weil du sie hast, nur jetzt, nur diesen Augenblick gewiß...

Ich weiß nicht, warum der Zug gerade an dieser Stelle hielt. Es mochte die Gewalt des Unglücks sein, das mich zu treffen suchte und das ihn zwang, hier plötzlich stehenzubleiben, wo der Erikastrauch zwischen den Steinen wuchs. Ich konnte keinen andern Grund für diesen Aufenthalt entdecken. Die Gegend war einsam und unbewohnt; es zog sich ein Nadelwald die eine Seite des Bahndamms entlang; er stand ernst und unbewegt wie im Sommer, er wußte gar nichts vom Herbst. Dicht aber zu meinen Füßen – ich brauchte mich nur zu bücken – blühte die Erika, blühte sie brennend rot und betörend. Es war nur ein einzelner Busch, der, wohl als Same hierher verweht, zwischen den spitzen Steinen die Wurzeln zur Erde senkte, doch er verströmte die Röte einer unendlichen Heide. Er war vollendet; ich glaubte, niemals schönere Blüten gesehen zu haben, der betäubende Duft des Honigs schwebte zu mir empor.

Meine Seele erzitterte. Treulos verstieß sie die zahllosen Wünsche ihrer Sehnsucht und klammerte sich an einen einzigen: an die Begierde nach dieser Blüte. Was blieb meinem Leib, meinen bestürzten Gliedern übrig, als der Versuch, ihre Lust zu stillen?

Der Zug stand. Ich schlug das eiserne Schutzgitter hoch; ich begann die Treppe hinabzusteigen. Auf der untersten Stufe beugte ich mich hinaus und streckte die Hände aus. Da war es, daß ich das Unglück sah. Mitten in dem traumhaft schönen Strauß dieser Blüten öffnete es ein wenig sein weißliches Lid. Mag sein, daß es ein Stein war, der, geformt wie ein gestorbenes Auge, mich schreckte: ich sah meine Hände zermalmt, meine Füße verblutend, meinen Atem in seufzendem Kreis entschweben – ich griff nach der Stange, zitternd, zog mich empor, stand oben, gerettet, wie vorher: der Zug hielt, die Erika blühte zu meinen Füßen.

Und so stehe ich nun in dieser Luft, die unendlich ist, ich atme sie ein und sie verbindet mich noch mit den fernen und violetten Gipfeln. Sie trägt die Atome meines Leibes in sich, sie hat sich in mich ergossen, sie schwellt mich mit sich ins Unermeßliche. Ich reiche bis an die gläserne Bläue des Himmels, Kaskaden des Lichts durchströmen mich, ach, und ich begehre nichts, als was meine Hände beinah erreichen könnten: diese Handvoll Blüten zu meinen Füßen.

Aber ich beuge mich nicht mehr, seht, und der Zug hält noch immer. Ich stehe und sehe auf diese Blumen, die zu besitzen Seligkeit wäre oder der Tod – da plötzlich nun das Rad, rasch rollend, mich vorüberträgt, weiter in Herbst und fernen Laut der Okarina: wer mag entscheiden, wem ich vorüberging?

Hedwig Ryder

Als ich krank war

Durch einen höllischen Zufall, das unerhörte Versehen eines
Menschen, wurde ich, grade als ich die Höhe einer Freude er-
stieg, krank. Über sechs Wochen mußte ich bewegungslos lie-
gen. Ich hatte nie dem Leben Einhalt geboten, nie benannt oder
gezählt. Zum Erfassen brauchte ich keine Abschnitte und als
Koordinate keine Verkleinerung. An meiner Krankheit zer-
schellte mein Glück, die Freude – vieles verlor ich in diesen
Tagen unwiederbringlich. Und als ich so lag, wurde ununterbrochen um mich herum alles, was ich verneinte, durchgesetzt.
Ein nervöser Zwang trieb mich immer wieder, jede Fläche und
Kante abzuzählen. 4 Wände gaben mit Türen die Zahl 15, ein
Fenster war 6, 17 Heizröhren – mein Hirn war in diese Zahlen
gespannt. Dies nicht Vorhandene, diese natürlichste Feindschaft anzuerkennen, empörte mich. Eine unnennbare Erregung
bereitete sich vor. Steinern und unbeugsam übten diese Wände
Erpressungen aus. – Kamen Menschen mich besuchen, brannte
ich ärger. Ich durfte offen den Verbrecher, dessen Nachlässig-
keit mich meine Gesundheit kostete, nicht anklagen, denn haar-
scharf war der Beweis nicht führbar, wäre keinem führbar
gewesen. Ich war krank, auf alle weiteren Fragen schwieg ich,
schrie im Innern nur fanatisch alles heraus und wies jedem die
Maske des Unglücks und des Entsetzens. Auch hier anerkannte
ich... Tausendmal da ich dieser Besucher halber, die an meinem
Bett saßen, Qualen auf mich nahm, kam über mich die Lust der
Rache und Überlegenheit – sie alle auszubeuten. Lange, wenn
sie gingen, sah ich ihrer Blindheit nach. Ich suchte nach einer
Flamme, die mich emporschlug. Und als immer wieder Junge
und Gesunde sich über mich beugten, wartete ich – ich wartete

auf den Moment, da ich mich einem gegenüber versprechen würde. Endlich war ich fähig, das erste Mal auf die Straße zu gehn. Ich erkannte keine Farbe, keinen Laut. Noch war ich unergänzt. Doch erschrak man vor mir, wie ich vor den Menschen. Mein Führer murmelte: Gespenst. Wie ich mich nun in dieser Zeit des Wesens der Erscheinung entwöhnt hatte, weil ich tot dalag, wie ein hölzerner Kern aus der bunten Frucht geschält, konnte ich so leicht nichts mit den Menschen zu Sinn und Zweck zusammenpassen. Es fiel mir noch zu deutlich auseinander, ich schien – da ich doch wußte, daß das, was ich sah, recht hatte – in einen Spalt zu sehen. Dieser zwei Schichten halber war ich Gespenst. Zwei Leute reichten sich die Hände. Da wollte ich schreien: Gift! Rasendes Verlangen zeigte mir einen Augenblick lang das Bild, daß jeder Mensch den Andern mit Aussätzigenklappern scheuchen müßte: „Vorsicht. Ein Mensch kommt." Ich sah ihre Stummheit und die beiden Ströme des Verhängnisses, die immer neu und immer unerwartet sich kreuzten, aneinander vorbeifließen. Mächtig und stark und beherrschend einfach war das Spiel, das so fein berechnete, daß endlich zwischen Zweien, die sich nicht kannten, nicht sahen und nicht witterten, der Absicht also der stärkste Widerstand waren, einen Augenblick lang jeder Zufall aufgehoben war, so daß die fremden Atome einander vernichteten, das Unglück floß. Abermals merkte ich, daß ich etwas verleugnete. Und furchtbar schien mir, daß jeder morgen erst sähe, was ihm heute geschehen. Die Straße stempelte mich endlich und machte einen Entschluß aus mir. Die Straße leuchtete in mich hinein, daß ich das Verdeckte zu enthüllen hätte. Mir war, als müßte ich mitten in ihr stehenbleiben, den zeichnen und jenen, mit meinen Fäusten sie zueinanderzerren, daß sie es sähen ehvor – – und sprechen. Da geschah folgendes. Aus einer Drogerie kam ein kleiner Laufbursche mit einer Flasche. Ein andrer kleiner

Junge stand ihm gegenüber. Nun muß ich gestehen, daß ich nicht gewußt, was vor sich gegangen. Ob Feind oder Freund, absichtslos oder berechnet, sah ich nicht. Was ich sah, war, daß die Flasche fiel, und auslief, und selbst da noch wußte ich nicht, war es destilliertes Wasser oder fressende Säure, die des andern nackte Füße überstürzte. Da sprang der Ladeninhaber zur Tür heraus, wütend über den Jungen zum Schlagen gebeugt. Ich wartete, wie der sich unter dem Schlag bäumen würde. Ich wartete auf das Bekenntnis und das Zerreißen des Vorhangs. Ich wartete auf das große Bekenntnis. Mich verlangte nicht nach seinem Heldenmut, mich verlangte nach allem Leid. Dem kleinen Jungen stand Angst in den Zügen. Ich ging auf den Besitzer zu und sagte: „Lassen Sie ihn, denn ich sah, es geschah ohne seinen Willen. Ich komme für den Schaden auf." –

Im ersten Augenblick meinte ich, daß meine Fahrlässigkeit mich würge, dann wußte ich nicht mehr, was aus mir machen. Endlich sagte ich mir, doch ohne abschließen zu wollen: Du hast ihn beraubt.

Franziska Stoecklin

Das Dunkel

Ich bin im Institut, das früher ein Nonnenkloster war.

Es ist tiefe Nacht.

Die Pensionärinnen liegen in ihren Betten, in dem weißlakkierten Saal, der vom Monde grün beschienen ist.

Ich bin die einzige im Saale, die wacht. Ich sitze aufrecht in meinem Bettgestell und horche auf das Schlafgeräusch meiner Zimmergenossinnen.

Tonlos öffnet sich die Tür...

Ich höre das dumpfe Auftreten von entblößten Füßen, kann aber, obschon ich unausgesetzt nach jener Richtung starre, keinen Menschen, nicht einmal einen Schatten sehen. Jetzt stehen die jungen Mädchen, ohne ein Wort zu sprechen, von ihren Betten auf. Ich denke, es ist seltsam, noch nie ging man zu dieser Zeit in die Hauskapelle.

Schon wandern wir in einem langen Zug, immer zu zweien, in unseren schleppenden Nachtgewändern, durch die Gänge mit den romanischen Rundbogen, die Steintreppen hinab... endlos tief.

Ich weiß, es steht ein großes Unglück bevor, denn wir gehen tiefer, immer tiefer, wir müssen schon weit in der Erde drin sein, es ist ringsum schwarz und die Luft zum Ersticken. Ich taste nach der Hand meiner Gefährtin, sie ist mir in der Finsternis entglitten... Da ich sie nicht finde, überfällt mich eine wahnsinnige Angst.

Ich bin allein, tief in der Erde, und um mich Dunkel, dichtes, ewiges Dunkel...

Stöhnend erwache ich.

Um mich ist tiefe Nacht.

Irgendwo schlägt eine Uhr.

Dann ist es wieder still, so still, daß ich die Stille singen höre.

Ich versuche die Nacht zu denken. Begreifen möchte ich sie.

Oder dürfen wir sie nicht wissen? Dürfen wir ihr Geheimnis nur verehren und nicht verstehn?

Ich frage Worte wie Allnacht? Gottnacht? Urnacht? Doch nie ist es das Richtige, und als Antwort immer das große namenlose Rauschen der Stille. Gibt es denn eine Stille? Hört man nicht in der stillsten, entlegensten Stille ein leises singendes Rauschen? Hört man nicht das Singen der Sterne? Einen dumpfen, unendlich zarten, unendlich fernen, auf- und absteigenden, ewigwiederkehrenden Gesang.

Wie gerne

Hör ich die Sterne

Wie gerne

Ich weiß, es ist ein ganz gewöhnlicher Reim, doch mir macht er Freude, und man kann sich damit so sanft in den Schlaf bringen.

Wie gerne

Hör ich die Sterne

Schwarze, immer dunkler, immer dichter werdende Schleier steigen und fallen über meine Lider. Immer dunkler, immer dichter, immer schwerer.

Wie gerne...

Paula Ludwig

Das Haarspänglein

Es war Abend, ich ging mit leichten Schritten am Ufer des Sees. Kein Schilfhalm rührte sich in der Bucht, keine Welle trübte das Bild des Himmels im Spiegel des Wassers.

Da setzte jäh ein sonderbar sausender Wind ein, jagte die Seefläche auf und warf den Sand des Ufers hoch. Im gleichen Augenblick war die reine Luft in eine dicke schwarze Wolke verwandelt, Staub, Sand und Steine peitschten mein Gesicht. Unaufhaltsam rissen mich die Luftmassen in ihrer Mitte dahin.

Plötzlich stieß aus dem Chaos über mir eine Hand und packte meinen Arm. Nun wurde auch die Gestalt sichtbar, deren Faust mich umklammert hielt. Es war die Gestalt einer Riesin, und so hoch überragte sie mich, daß ich ihr Gesicht nicht sehen konnte. An der zweiten Hand aber führte sie einen Jüngling. Sie sagte: „Ich bin das Leben."

Obwohl ich an der Seite dieser Frau, im Schutze ihrer Lenden, vor der Wut des Windes, seinem furchtbaren Anprall und seinen Stößen etwas gesichert war, so empfand ich es dennoch als peinigend, mit ihr zu gehen. Ihre Finger umschlossen zu herrschsüchtig mein Handgelenk, ihre Größe bedrückte mich, und ihr starrer, sicherer Gang ängstigte mich noch mehr als das Toben des Orkans.

Der Jüngling, der mit uns ging, schien Ähnliches zu empfinden, denn unversehens riß er sich los und stürzte die Böschung zum See hinab und verschwand in der Finsternis.

Ihm nacheilend, ließ die Frau mich stehen, doch rief sie mir drohend zu: „Warte ja auf mich, bis ich zurückkomme!"

Ich aber benutzte die Gelegenheit, zu fliehen. Ich floh in der Richtung, wo ich die Stadt wußte. Ich erreichte die ersten Häuser, wagte aber nicht, mich umzudrehen, aus Angst: meine Verfolgerin könnte hinter mir her sein und mich dann um so eher erblicken. Ich lief so lange, bis ich endlich aus der Dunkelheit das strahlende Schild eines Kabaretts leuchten sah. Dies schien mir das geeignetste Versteck vor dem entsetzlichen Weib.

Überlegend, wie ich mir Eintritt verschaffen könnte, löste ich aus meinem Haar ein Haarspänglein, das nahm sich sehr gering und unscheinbar aus. Ich aber konnte damit geigen und eine ganz seltsame Musik darauf hervorbringen.

Ach, die Musik, die ich nun spielte, war so unbeschreiblich zart und so ergreifend, sie war so unbestimmbar fern und zugleich so nah, sie war wie das Zirpen einer Grille und wie das Flöten eines Vogels, sie hatte so leise und süße Töne, daß ich vor Entzücken darüber zu weinen begann.

Und also auf meinem Geigchen spielend, stieg ich die Stufen zu dem festlichen Saale empor. An vielen kleinen Tischen saßen die Gäste und unterhielten sich. Im Hintergrunde sah ich einen Dichter sitzen, und als ich vorüberkam, hörte ich ihn zu seinem Nachbarn sagen: „Wer ist denn dieses Mädchen, das diese wunderschöne Musik macht?"

Seine Worte begeisterten mich so, daß ich noch inniger, noch ergreifender spielte. Dabei schritt ich weiter durch den Saal, an dessen Ende mich terrassenförmige Stufen wieder hinabführten.

Unten aber öffnete sich ein breiter Kanal. Auf dem dunkel glänzenden Wasser glitten in dem blumenhaften Licht roter, blauer, goldener Lampions unzählige Gondeln langsam dahin. In den Gondeln saßen schöne Damen in reichen Kleidern.

Kaum aber hörten sie meine Musik, lenkten sie ihre Fahrzeuge alle zu mir her. Ganz hingerissen umringten sie mich und legten mir ein rundes seidenes Mäntelchen um die Schultern.

In diesem kostbaren Umhang durfte ich in der vornehmsten Gondel sitzen und zu ihrer Lust musizieren.

Ich aber war so glücklich: über das seidene Mäntelchen und weil ich so schön spielen konnte. Ich hielt es nicht mehr aus vor Glück, ich wurde ganz leicht und schwebte plötzlich von dem Platz empor, auf den sie mich gesetzt hatten, und flog, obwohl die Damen laut schrien, über den Kanal davon: mit einem berauschten Schwung um die letzte Ecke ins Freie.

Mich verlangte es, zum Hause des Dichters zu fliegen und ihm auf meinem Geigchen vorzuspielen.

Zwar kannte ich genau den Weg – Mitternacht war vorbei – und aus dem Osten kam schon ein heller Schein –, aber in der Allee, durch die ich fliegen mußte, standen die großen Linden so dicht, daß ich mich in ihrem Astwerk verirrte. Ich blieb mit den Haaren an einzelnen Ästen hängen, und kaum hatte ich mich von diesen befreit, schlugen mir schon wieder neue Zweige ins Gesicht.

Ganz zerrissen und überanstrengt, fühlte ich mit Bitternis, wie meine freudige Leichtigkeit schwand. Ich sah: wie der Himmel ein immer helleres Grau annahm, wußte, daß der Morgen gleich da sein würde und daß die schöne Nacht auf immer verloren war!

Während ich noch einmal verzweifelt gegen das Netz der Äste kämpfte, griff plötzlich von unten eine große Faust nach mir und zwang mich hinab auf einen häßlichen Karren: ich saß zwischen zwei Polizisten.

„Da haben wir die Diebin erwischt!" rief drohend der eine. „Die Damen haben dir das Mäntelchen nur umgehängt, damit du ihnen darin vorspielst. Und du bist damit weg!"

Zitternd gewahrte ich nun, daß das Pferd, das den Karren zog, die gerade Richtung zur Stadt nahm. Schon sah ich ihre Tore – als mir im letzten Augenblick einfiel: oh, ich werde auf meinem Geigchen spielen. Und zwar so schön, daß es diese Männer rühren wird, und daß sie mich vor Rührung freilassen werden.

Schnell nahm ich mein Haarspänglein aus dem Haar und fing an zu geigen.

Aber nichts als ein häßliches Gekratze wurde hörbar: das Spänglein war eine ganz gewöhnliche Haarspange!

In Fetzen hing das Mäntelchen von meinen Schultern, und zwischen zwei Polizisten sitzend, fuhr ich im hellen Tageslicht mitten in die Stadt hinein.

Else Lasker-Schüler

Künstler

Herr von Kuckuck sitzt immer auf dem Fenstersims und schnappt mit seinem zugespitzten Mund alle meine todtraurigen Worte auf, die sonst im Zimmer liegen blieben, und ich würde schließlich in der Überschwemmung von Todtrauer ertrinken. Auch sieht er so spaßig bei der Fütterung aus, ich muß manchmal hell auflachen. Mein Mann kann von Kuckuck nicht ausstehen. „Er ist eine Beleidigung neben dir." Aber ich muß immer einen Hofnarr haben, das ist so ein uraltes, erübertragenes Gelüste. Er folgt mir überall hin – auf dem Salzfaß sitzt er in der Küche, wenn ich am Herd stehe und mit dem Quirl dem Feuer behilflich bin – ich meine wegen des Weichwerdens der Erbsen – ich trage goldene Pantoffel, aber in meinen seidenen Strümpfen sind schon Löcher. Herr von Kuckuck wird merkwürdig düster, immer wenn er auf dem Salzfaß sitzt und meinem Kochen zusieht. Er erzählt von Prinzessinnen, die in Goldpantoffeln und Seidenstrümpfen scheuern müssen und sich die Hände blutig reiben und aber der Himmel ihnen alle Sterne schulde. Ich glaube, ich bin im Anfang aus einem goldenen Stern, aus einem funkelnden Riesenpalast auf die schäbige Erde gefallen – meine leuchtenden Blutstropfen können vor Durst nicht ausblühen, sie verkümmern immer vor dem Tage der Pracht, und mein Mann erzählte mir dasselbe, und darum haben wir uns geheiratet. „Wenn sich mein Budget besser gestaltet", sagt Herr von Kuckuck, „so braucht Prinzessin keine Erbsen mehr zu kochen." Er verspricht es feierlich, zwei große Tropfen fallen aus seinen Augen, die sind lila, und die Feierlichkeit kleidet ihn so: eine Burleske, die plötzlich auf geraden, rabenschwarzen Beinen steht. Ich rieche zu gern Ananas – ich glaube, wenn ich mir täglich eine Ananas kaufen könnte, ich würde die hervorragendste Dichterin sein. Alles hängt von Kuckucks Budget ab. Mein Mann der wünscht sich gar nichts mehr, er denkt morgens schon heimlich an seine Zigarette, die er im Bett rauchen wird. Die Lampe zuckt, es ist alles so dünn im Zimmer. „Herein!" Eine Erbse klopft an meinen Magen. Kleine Beinchen bekommen die Erbsen und wakkeln mit ihren dicken Wasserköpfen – eine plumpst den Berg herunter. „Bist du aufgewacht?" Mein Mann fragt und hebt den Zigarrenbecher vom Boden auf – dann streichelt seine Ananashand mein Gesicht – die Finger tragen alle Notenköpfe – sie singen – und immer, wenn das hohe C kommt, sägt mein Arm über seine Brust und seinen Leib – ich nehme die Gedärme hervor – eine Schlangenbändigerin bin ich – dudelsack Ladudel ludelli liii!!! Ich schiebe die Schlangen vorsichtig wieder in seinen Körper, die kleinste hat sich fest um meinen Finger gesogen, aber sie ist die hauptsächlichste Schlange, sonst kann er keine indischen Vogelnester mehr essen. Ich gleite die Kissen herab, mein Kopf liegt in einem weißen Bach, alle Fische tragen Ketten von Erbsen um den Hals und schwimmen hinter mir über die flaue Matratze. Mein Mann wartet schon im Sessel. Im Rahmen über dem Schrank hängt von Kuckuck und über ihm sein Onkel Pankratius, einer der gestrengen drei Herren, und zählt – Budget lauter goldene Schnäbel. Es wird alles so grau – ich habe solche Angst, ich verkrieche mich in die Achselhöhle meines Mannes. Auf dem Sofa sitzt ein Jüngling, er hat große, braune, spöttische Augen, die lächeln schüchtern. „Wer bist du!" ruft mein Mann. „Ich bin der Schatten Ihrer Frau und habe Theologie studiert."

Mechtilde Lichnowsky

Der Gast und das Zimmer

Das Fremdenzimmer öffnet sich an ungewohnter Klinke. Man
dreht den zu kleinen Messingbügel, eine geringere Windung als
vorgeahnt genügt, und die Türe fliegt ins Gesicht, weil ihr gegenüber im Zimmer die Fenster offenstehen. Juli strömt herein.
Luftzug hebt Stoffe in die Höhe: von den Lehnsesseln Fransen,
die Fingerübungen der Geläufigkeit anstellen, von der Tischdecke steigt und wedelt eine geblümte Ecke, Handtücher schau-
keln am Ständer, und der Arm einer blühenden Clematis
schlägt von draußen auf den Fensterrahmen. Er kennt das
schon, es gibt Fälle, wo er das tun darf.

Das Zimmer ist jetzt geschlossen, die Ranke wieder an ihrem
Platz in der Sonne, Turmschwalben schreien im Blitzzug an
den Fenstern vorbei.

Unter dem etwas blinden Spiegel wartet ticfrot das dreimal
verschnörkelte Kanapee. Das Zimmer sieht sich windschief im
Spiegel, der darüber hängt; er beugt sich herab. Selten belebt,
als Spiegel eines Fremdenzimmers, erblaßte er. Wenn sein
Zimmer sich bewegt, zittert eine rosa Buntheit auf ihm, der wie
ein silbernes Bild in eingelegtem Holzrahmen gefaßt hängt.

Ha! Steht da nicht echtes Wasser in den blauweißen Krügen?
Wie lange hat das Zimmer danach dürsten müssen? Für ge-
wöhnlich schläft der Krug in seiner Waschschüssel liegend, den
Henkel an den Rand gelehnt. Heute ist alles verändert. Die
Seifenschale strahlt, seit sie ihr neues Stückchen Seife hält. Der
kleine Seifengast erfüllt das Zimmer mit seinem Duft. Es ist,
als schiene die Sonne auf ein Beet Reseden. Rosa steht die
Seife, neu, an einer Ecke leicht eingedrückt, weil sie der

Sprung aus der Mutterschachtel unsanft auf den harten Boden von gewachstem Fichtenholz hatte landen lassen.

Augen zu. Das Fremdenzimmer (spr. Freudenzimmer) nimmt gefangen. Es bindet Arme und Füße. Nur den Atem scheint es zu befreien.

Lockend duftet es nach jungen Großmüttern.

Chinesisch blau bedruckt, wächsern gestärkt, hängt das Perkal der Alkovenvorhänge in seinen Holzringen, die krachend aneinanderstoßen, wenn man sie an der Holzstange schiebt. Zwei gewundene Holzsäulen stehen am Ende des Bettes.

Die Seife ist es. Sie ist die Königin des Zimmers; nennt sich Juli, schwört, das Leben werde herrlich sein voll Himmel und Geigen. An den Fenstern blähen sich vier Vorhänge, an den oberen Scheiben, die geschlossen sind, tanzen fünf Wespen. Fort mit ihnen! Besen her! Läden zu! Fenster offengelassen! Jetzt flimmert der Sommer nur mehr grünlich herein, voll mit Grillen.

Gast und fremd sein, wer es könnte. Ewig bleibt man sich selbst.

Jetzt kommt er. O wer sein Gast sein könnte!

Der Spiegel zittert schon. Die Messingbeine des weißen Kachelofens glänzen. Durch Schlüssellöcher pfeift der Sommerwind. Die Seife haucht; friedlich ist es wie in der Sakristei, aber um die Dinge läuft, wie Wasser um die Kieselsteine, eine profan belebte, kühle Luft, und dann öffnet sich die Türe, und ein Mensch tritt ein, atmet heftig aus und wieder ein, schüttelt seine Reise ab und vergißt die Türe zu schließen. Und die Dinge spielen ihre Rollen wie die Engel: Das Bett tut so leinen und weich wie möglich, die Seife raucht, die Kacheln des Ofens leuchten porzellanen, die Vorhänge neigen sich, linkisch gebläht, ein Tisch bietet Wasser, aus der Blumenvase fällt im Übereifer ein rosa Köpfchen auf die indigoblaue Tischdecke, den Thermometer am Fenster sticht ein Lichtstrahl, der Fußboden hallt, als würde er heute eingeweiht. Und der blinde Spiegel nimmt auf, so viel er kann, ein Gast sieht sich darinnen ankommen, grünlich und schmalgedrückt. Er geht zu den Fenstern und blinzelt durch die Querspalten der silbergrauen Läden.

Was fühlt der Gast? Lechzt er nach Butterbroten und Ceylontee? Ei und Schinken? Denkt er an das Bad oder an das liebe, lange Österreich, das am Horizont, dem Inn entlang, mit graublauen Bergen liegt? Er wird dies alles zusammen fühlen.

Er atmet den Duft am Fenster ein, wie man an einer Blume riecht. Und er empfindet Kummer und Lust und sehnt sich zurück nach dem Schönsten, das er erlebte.

Man muß, man muß, man muß, man muß! Ja.. ja.... Und zwischen allem Müssen ist gerade Raum wie für Nervenfaserchen. Darin lebe man, sagt sich der Gast und mißt Österreich, das im Osten liegt. Mit dem Müssen ist es so: Zieh die Ohren ein, und es bleibt gerade Raum, darunter weg zu schlüpfen. Du kannst also zwischen all dem Müssen ein freies Dasein führen. Aber da legt sich, weil der Tapfere selbst ermüdet, die endlos schlanke, silberne Hydra Melancholia mit dem rosa Bauch und den matten Flügeln um die tausend Fasern dieses kunstvoll gewachsenen Lebens. Sie ist schön, diese sanfte Hydra, denn auch sie kann lächeln.

Drüben liegt Österreich, silbern verklärt.

Dazwischen die endlose Hydra. Und der Humor. Der sitzt mitten auf dieser Schlange und, Gott sei Dank, er kutschiert sie.

Der Humor ist ein unscheinbares Zeichen über Worte und Werke, ein Akzent, ein kleines Nichts, zwei Tupfen, ein schiefer Strich, eine Haube, aber er steht so hoch wie die Heiligkeit. Wer das Vaterunser mit Humor beten kann, kommt sofort, wenn er hier fertig ist, in den Himmel. Nur nicht nach dem

Gefühl handeln: Es führt ins Narrenhaus. Auch nicht handeln ohne Gefühl: Das stürzt in den Abgrund der Hölle. Aber: Fühlen und gefühllos handeln: Das ist der Weg zum Himmel, zur Weisheit, zum Glück, zu...

Der Gast wäscht sich die Hände. Jetzt denkt er an Ceylontee.

Elisabeth Joest

Verführung

Nur ein Bett schneite weiß durch die Dunkelheit des Zimmers. Als sie aber das Licht anknipste, um den Knaben in die Kissen zu legen, schloß er die Augen vor der roten Glut der Decke, die umrandet war von der schwarzen Inschrift des Mäanders.

Seit Wochen streute er den neugierigen Glanz seiner Augen aus, das Zittern seiner weißen Zähne, seine fliegenden Handgelenke. Das Unerlebte seiner Jugend sollte der Teppich ihrer Füße werden...

Aber sie schritt nicht ein *einziges* Mal darüber, nahm ihn, ohne ihn anzuschauen, trug ihn auf ihren weißen, schäumenden Armen über die vierundachtzig Treppenstufen in ihr dunkles Zimmer. Und er mußte wie ein Kind seine Hände in den Ausschnitt ihres Kleides krallen, hinter dem das weiße Fleisch schrie, so sehr schrie, daß er in Hypnose verfiel.

So lag er, und das Licht strömte auf sein Gesicht nieder, das in blonden Flaumen funkelnd und fast knisternd in den Kissen ruhte, mit geschlossenen Augen, geraden Wimpernsäumen und dem unruhvollen, zuckenden Mund.

Und sie peitschte ihn dunkelrot mit ihrem tiefen Lachen, während sie geschickt ihr Kleid aufschnürte. Und er mußte hinter den Lidern das Rauschen der Gewänder trinken, dazwischen schluchzen, mit den Zähnen knirschen und das Bett mit seinem Fuß zerstampfen wie ein Fohlen...

„Sechzehn Jahre...", dachte die Dirne, als sie sich über ihn warf.

Und sie lauschte frohlockend auf das Läuten seiner Pulse, auf sein Herz, das sie im ganzen Körper rasen hörte, in der

Brust, an den Lenden entlang; in den Knien saß es zuletzt, um hinzulöschen.

Trotz dem Elfenbeinlicht versank der Knabe in tiefste Nacht. Sank und sank, wand sich unter der großen, weißen Frau, die ihn von allen Seiten wie eine Muschel umschloß. Schweißbedeckt und schäumend vor Wut, Haß und dem Unfaßbaren einer Liebe zu ihr, der Dirne, krümmte er sich unter ihr zusammen. Seine Nerven klirrten und sangen wie Telegraphendrähte. Schreie der Freude und des wildesten Entsetzens brachen aus seinen Augen und von seinem Munde. Flammend wälzte er sich in den Flammen dieser abgestorbenen, kundigen Kokotte, liebte... liebte... liebte –!

Und so finster rann die Arabeske des Mäanders um die roten Bezirke.

Nach diesem Ausbruch wurde es plötzlich totenstill. Nur eine nackte, seltsam nackte Hand irrte trunken empor und schuf Nacht.

„*Sechzehn Jahre...*", murmelte die Dirne und warf sich dem ohnmächtigen Knaben an die Seite.

Mit seinen blanken Augen hatte er sie stets belästigt, hatte unter ihrem Fenster gewartet und die Männer gesehen, die welk von ihr gingen. Einmal war er ihr auch auf einer der Brücken begegnet, mit der Schülermütze, den Büchern und Heften mit den Eselsohren im Arm. Ganz unmerklich und zitternd standen seine Nasenflügel wie bei einem Fohlen, das noch nicht sicher in der Witterung ist...

Und dann erwachte in *ihr* die Lust, *einmal* keine langen Vorbereitungen zu treffen. Die Verführung lockte sie wie eine *nie* genossene Frucht.

Und sie nahm ihn empor an ihre Brust, sie, die ihn an Wuchs und Alter wie eine Mutter überragte. Trug ihn die endlos hallenden vielen Stufen hinab und jagte das Gemeine mit diesem jungen Knaben wie mit einem Weihrauchkessel auseinander.

Und fast wurde ihre Lust zu Liebe, und so täuschend war dieses Zwillingsgefühl, daß der Knabe mit seinen mageren Lenden ein *Mann* unter ihr wurde, sie mit männlichen Zügen anstarrte und *sie* plötzlich besaß...

Die Dirne mußte ihn nach kurzem Schlaf wecken. Purpur hing in den Ritzen der Jalousien. Sie mußte ihn wecken, wieder wie einen jungen Knaben, der da traumlos schlief. Und neidvolle Trauer schlich sich in ihre Augen, als sie ihn so unberührt und leicht gerötet liegen sah.

Sie stieß ihn, den sie doch eben noch geliebt, unsanft von dem Lager, auf das sie ihn gebettet. Voll Kindheit und Erzürnung schreckte er empor, sah sie verwüstet und verwittert in der blutroten Decke sitzen, nahm Abschied leicht und hastig. Nur vor der Schwermut des Mäanders zögerte er: *denn an ihn allein würde er sich lebenslang erinnern...*

So bebürdet von der Unwirklichkeit des Erlebnisses, schritt er über die vierundachtzig Stufen zurück. Der Vater schlief. Im Zimmer lagerte kalte Bitternis einer Zigarre, die er spät geraucht und weggelegt hatte. Ein Bett starrte unberührt und kältend...

Und plötzlich öffnete er die Arme und warf sich darauf, biß sich mit den Zähnen in das harte, flache Roßhaarkissen ein und weinte haltlos...

Cläre Jung

Der Ruf des Andern

I.

Er war neugierig, als die Schutzleute ihn aufforderten, mitzukommen, fühlte sich von einer gewissen Wichtigkeit und bürstete seinen Anzug ab. Auf dem Gericht sagte man ihm, daß er des Mordes an zwei Frauen verdächtig sei. Er brauchte sehr lange, bis er den Sinn des Verdachtes faßte, dann wurde er totenbleich. Seine ungelenke Zunge redete viel Worte fließend und laut, seine gewaltigen Hände beteuerten ihre Unschuld, er stieß mit dem Kopfe, der sehr rot war, wie ein Tier. Man zuckte die Achseln, er wurde in Untersuchungshaft gebracht. Wie betäubt war er, schwer traurig – sah die Sonne in einem kleinen Viereck auf den Steinen und fühlte die Muskeln seiner starken Arme, die ganz hart wurden, wenn er die Drahtseilstricke ziehen mußte ho – hupp... Er wurde vernommen: wo waren Sie am Montag vor acht Tagen? „Det weeß ick wirklich nich mehr." Viele Fragen, die er nicht beantworten konnte. Blicke gingen über ihn hinweg, um ihn herum, spannen ihn in ein Netz. Am Schluß war er heiß, rot und verwirrt. Dann dachte er lange darüber nach, was man eigentlich von ihm wolle, die strengen Herren sagten alle, er hätte zwei Frauen ermordet. Er suchte gequält in seinen Erinnerungen, kramte angstvoll in seiner Vergangenheit – schüttelte mutlos den Kopf. Am nächsten Tage führte man ihn zum Tatort: er kam voller Neugier in ein ganz fremdes Haus, in ein kleines Zimmer, sah sich überall um – und fühlte wieder alle Blicke. Zwei entsetzlich verstümmelte Leichen wurden ihm gezeigt. Er wandte sich ab voll Grauen, schrie auf. Man führte ihn ab. Als der Wärter in seine

Zelle kam, wimmerte er kläglich: „Aber ick wart doch janich!"
Fiel ins Knie, „Bitte, bitte, ick kann doch janisch davor!" Der
Gefängniswärter warf die Hände empor – hilflos: „Ja, ick weßt
ja ooch nich" – murmelte, rannte ungeschickt hinaus. Draußen
blieb er stehen – verlegen, heiß. Plötzlich brüllte er verzweifelt
– voll Wut – tobte, schlug, raste. Männer kamen mit kalten,
strengen Augen, die sagten höhnisch: „Aha, das kennen wir."
Da wurde er stumpf und ergab sich. Man verurteilte ihn zu
lebenslänglichem Zuchthaus. Unablässig versuchte er aus der
zähen Masse seiner Erinnerungen irgendeinen Gedanken her-
aufzuholen aus jenen Mordtagen, der ihn gerettet hätte... um-
sonst. Er sank immer tiefer in eine tierisch dumpfe Ergebenheit,
dachte: Vielleicht habe ich doch... es ist am Ende besser so. Ich
weiß nichts mehr.

Nach einigen Jahren war seine Unschuld bewiesen, er wurde
entlassen. Er ging durch große helle Straßen: wenn ich nur
nicht wieder jemanden ermorde. Nein, nein, ich war's doch gar
nicht... Aber wer weiß. Vielleicht war's auch der andre nicht...
Ging lange Chausseen durch dunkle Wälder: wenn ich nur
nicht wieder jemanden ermorde. Wie war es doch, oh, so
furchtbar, so schrecklich...

II.

Eine große starke, sehr blonde Frau kam die Straße entlang,
Isabella entgegen. Hinter der ging ein Mann, der weiß und fett
war. Isabella zwischen beiden. So verwirrend war ihr Schreck
über das Lächeln der Frau. Glühende Schwere. Und Flammen
in ihr Gesicht. Die verleitende Stimme stach spitzig Isabella
mit kleinen Nadeln. Rasende Neugierde und ein Gefühl peini-
gender Demut zog sie an einem Seil hinter den beiden Men-

schen her. Zwang sie quälend. Ein Nichtverstehen fragte in ihr und grub eine ungeheure Scham auf. Und die qualvolle Pein einer Verschmähung: am furchtbarsten durch das freundwillige Lächeln der Frau, mit dem sie immer noch über die Straße zu ihm sah. Der ging trotzdem mit einem lauwarmen fettigen Grinsen. – Isabella fühlte einige Angst für den sehr finsteren Mann, auf den die Frau zuging mit einer etwas ärgerlichen Geste. Wie schön er war. Ganz von ferne kam eine Ahnung von Leid. Das etwas schrille Lachen der Frau bedrückte sie. Ein Unbekanntes sank in das Herz. Sie konnte die Schwere beim Auf- und Niederatmen fühlen. Man weiß nicht den Grund, aber es scheint, daß nichts in der Welt es je wieder auslöschen kann. Wen darf man alles fragen? – Isabella stand ganz lange ohne Bewegung. Sie sah nach dem Himmel: so viel Sonne. Der Schutzmann ging wie immer an der Ecke auf und ab. Kinder spielten lachend. Das alles weckte fast einen kleinen Neid. Scham, deren Ursache man kaum kennt: wie soll man ganz gut sein? Dabei ist doch ein unaufhörliches Hinziehen zu jenem Bangen. Dumpfes Spüren einer herrlichen Freude. – Isabella machte ganz kleine Schritte. Sie wußte nicht, woran sie denken sollte. Plötzlich fühlte sie, daß sie die ganze Zeit gelächelt hatte.

III.

Fühlen den Körper nicht senkrecht stehen auf den Beinen. Immer eine Rechtsdrehung. Und diese dumpfpochende Angst, gegen die man sich nicht wehren kann. – Herrgott ja. Die Straße ist so seltsam flach, daß man wie eine Nadel darauf gesteckt ist mit spitzigem Kopfe. Wie schön ist die Welt: man muß alles ganz genau ansehen, auf einem Seil über der Erde gehen können. Vögelein fliege. Meine lieben Kinder. Ach, euer Lachen. Euer süßes Lachen. Mutti geht nicht von euch. Wir laufen zusammen über grüne Wiesen. Haare im Wind wie Fahnen. Wenn Mutti mit euch spielt... Die Nachbarinnen sahen sie an mit Augen, die wie auf Stielen saßen, und mit nachsichtigem Lächeln: aber man kann doch nicht auf einem Seile gehen... Ihr Mann hatte schon recht... man sollte sie doch... Da wurde sie unsicher: Wie, wie??... Tuscheln: „Was sagt sie? Was meint sie damit?“ Wieder Blicke – Augen. Die kleine Frida dachte: ich möchte einmal einen Finger auf ihre Stirne legen, die muß ganz heiß sein. Sie sah die Frau an. Etwas bang. Ganz groß. Die faßte ihre Hand, als sie allein da war: Man müßte immer nackt gehen. Es gibt doch gute Menschen... Natürlich, sagte Frida... Dann ist alles gut. Ach, meine Kinder – ja – Mutti... Sie murmelte unverständlich.

Die Lehrerin sagte: „Ihr müßt euch heute sehr still und artig verhalten. – Unsre liebe Schülerin Grete ist gestorben.“ Viele Kinderaugen ganz weit. Ein Mädchen sagte: „Warum?“ Aus hastigen, ganz unnötigen Handbewegungen wurde ein Taschentuch. Räuspern und etwas heißer: „Seht mal, Gretchens Mutter war so krank. Dachte, sie müßte sterben... Wollte ihre Kinder zum lieben Gott mitnehmen... Hat sie...“ Frida schrie: „Aber warum, Fräulein, warum?“ Sah vor sich das Zimmer von Gretes Eltern. Die roten Vorhänge. Und dachte an die Frau, der sie einmal den Finger auf die Stirne legen wollte. Und Grete?? Die beiden Kleinen? Was war da? Wie konnte? Wie denn? Auf der Straße sah sie sich immerfort um. Rannte zuletzt. Wagte nicht nach Hause zu gehen, stundenlang. Ihre Mutter sagte: „Wenn du nochmal zu der verrückten Frau gehst, schlag ich dich, daß du genug hast.“ Zu Hause saß Frida in einer Ecke, sah immer scheu ihre Mutter an, die so laut sprach und schrie, daß man es nicht anhören konnte. – – Gretes Mutter war doch auch umhergegangen, lächelte und sprach – – Wenn die nun auch... Ein Messer – – o Gott, o Gott... Der Begriff Mutter wuchs ungeheuer. Beschattete. Mutterliebe hatte etwas furchtbar Bedrückendes. Frida sah wieder ihre Mutter an: diese starke Frau. Wenn sie krank würde... Weil sie stirbt, muß ich auch... Liebt mich...?

Liebe ist ein unermeßlich immer Reicher- und Stärker- und Besserwerden. Einfach so sein, wie man ist.

Maria Benemann

Der kleine Tod

Sie kamen zusammen den Weg zum See hinunter. Zwischen ihnen war der Unterschied ihrer Größe, denn sie hatte fast drei Jahrzehnte vor ihm voraus, ehe er geboren wurde. Als sie aufgehört hatte, in die Höhe zu wachsen, war es in ihr weiter gegangen, dicht hinter der Schläfe, und obwohl man es ihr nicht anmerkte, hatte sie doch das Gefühl, es könne jeden Augenblick aus ihr hervorbrechen und Falten in ihre Stirne zeichnen. Sie erinnerte sich nicht, jemals sorglos gewesen zu sein, und hatte die Schwierigkeiten eines ganzen Geschlechtes bis zu ihrem dreißigsten Jahre in sich überwinden müssen. Aber ihre Erkenntnisse hatten sie zu der Kindlichkeit zurückgeführt, in der er noch war.

Aus diesem Grunde (daß ihre Hände größer als die seinen waren) kam es, daß sie ihn führte, denn in Wahrheit folgte sie seinen Bewegungen.

Er war drei Jahre alt.

Seine Haare waren hell wie die ihren, und wo an ihrem Nakken ein kleiner verschlungener Knoten – wie ein Nest in Weizenfeldern – hing, rollten sich bei ihm dichte Locken zusammen.

Zuweilen ließ er sich von ihr eine kleine Schleife in sein Haar binden, wenn es ihm windig schien, und dann mußten sie den Umweg durch das Dorf nehmen, damit er eine Gelegenheit fände – einem Vorübergehenden durch einen tiefen Knicks zu zeigen, daß er ein Mädchen sei. Aber es war aus den Gesichtern der einfältigen Bauern oder der Hütejungen nicht ohne weiteres zu ersehen, ob sie ihn überhaupt in seiner Veränderung bemerkten und auch nur für einen Augenblick zwischen dieser unscheinbaren Haarschleife und den merkwürdig herausfordernden Hosen, die keiner, der sie jemals an ihm sitzen sah, vergessen konnte, einen betroffenen Vergleich anstellten. Jedenfalls blieben die meisten doch so im Gleichgewicht mit sich, daß sie ihn nicht daraufhin ansprachen. Bis er es selbst tat.

Und von da ab jedem nur von weitem Auftauchenden seine kleine Seligkeit entgegenrief – eine Haarschleife zu besitzen, obwohl er ein Knabe sei.

Es war windstill. Sie kamen links einen kleinen beschwerlichen Weg hinunter, obwohl der richtige bequem und gleichmäßig nebenher lief. Aber wie gesagt: er führte. Und er war schon damals so, daß er nicht um die Welt den einfachsten Weg zu einem Ziele nahm, wenn ein andrer seine Kräfte viel mehr zu steigern versprach.

Sie hatten die gleichen Namen.

Als des Kindes Vater noch gelebt hatte, war es ihm nur darauf angekommen – in einem Kinde etwas zu besitzen, das die geliebte Frau noch mehr erhöhen könnte, und da es kein Mädchen wurde, gab er dem Knaben den Namen der Mutter. Aber es kam auch daher, daß er – solange er die Frau besaß, nie ihre blonde Schwachheit ansehen konnte, ohne zu fühlen, daß sie zu denen gehörte, die gezeichnet sind – noch während das Rot auf ihren Wangen liegt. Er dachte nicht, daß er von ihr gehen müßte, ehe er ihr Leben wie das einer Königin geordnet hatte, und war mit Entsetzen und Unwillen gestorben. Denn, konnte auch nur einer, der sie nicht so nahe um sich gefühlt hatte, wissen, wessen sie bedurfte. Sein ganzes durchgeistigtes, wenn auch beschwerliches Leben zerfiel in dem Augenblick, als er kein Entrinnen mehr sah, und er starb hart, abgewendet von allem, auch von ihr.

Um der Leute willen einigten sie sich damals, noch den Namen des Großvaters davor zu setzen, und wenn es nun irgendeines Unterschiedes bedurfte, konnte man sagen, daß dieses „Gregor Martina" sei, während sie nur „Mutter Martina" hieße.

Es war einigermaßen schwierig, dieses bei dem Pfarrer durchzusetzen, und als es endlich zur Taufe kam, schluckte jener doch den zweiten Namen mit so großer Eiligkeit hinunter, daß die Anwesenden wirklich nur heraus gehört hatten, daß der Knabe „Gregor" heißen solle, ein Name, der in jener Gegend geläufig war.

Der See lag in der sandigen Landschaft und war mit Ausnahme einer einzigen Bucht oval. Sein Wasser blieb gleichmäßig flach und bewegungslos wie ein Asphaltspiegel. Ehe sie ihr tägliches Ziel erreichten, das in der kleinen Bucht bestand, in der sich zuweilen die Schwäne sonnten, mußten sie fast den ganzen See umschreiten und hatten dann dieselbe Mitte erreicht, von der sie ausgegangen waren – nur, daß sie sich nun am jenseitigen Ufer befanden und der See zwischen ihnen und dem Wege lag, den sie gegangen waren.

Dann sahen sie eben diesen Weg wieder vor sich – bis er höher hinauf mit dem niedrigen Hause abschloß, das sie bewohnten.

So oft der kleine Gregor den Versuch machte – in jener Bucht für sich und seine Mutter einen Garten anzulegen, wobei sie ihm den Samen von allerlei Pflanzen verschaffte, gab dieser Garten ihnen doch von Besuch zu Besuch Rätsel auf, die ihnen aber nicht den Mut nahmen, es jedesmal von neuem und ganz von vorne zu versuchen. Denn das Land war eine einzige Sandwüste, und der Sand, in den sie ihre winzigen Samen steckten, wurde oft vom Winde fortgeweht, und der Same ging dort auf – wo der Sand mit ihm liegenblieb.

Sie nannten ihn ihren fliegenden Garten.

Und sie fragte den Knaben lächelnd, wenn zuweilen etwas Großes am Horizonte vorüberflog, ohne sich deutlich als einer jener Schwärme ziehender Wildenten oder kreisender Sperber zu offenbaren, ob er meine, daß dieses nun wohl schon der kleine Apfelbaum sein könne, den er im vorigen Jahre aus dem Überreste eines Frühstücks gesteckt hatte.

Dann sah er ernsthaft der ziehenden Erscheinung nach, aber wenn sie einander anblickten, flimmerte der erste Anfang verschwiegener Heiterkeit von ihr zu ihm, der nichts bedeutete, als die stille Gewißheit, daß keiner von ihnen vorhatte, den anderen zu betrügen.

Heute erreichten sie ihr Ziel, ehe es Mittag war, die harten Gräser der Ufer machten das letzte Stück beschwerlich, denn sie richteten sich zu starren Büscheln aneinandergedrängt vor ihnen auf, und obwohl es nur Gräser waren, umstanden sie den Knaben doch wie ein Wald. Er ließ ihre Hand los und hieb sich mit seinen Fäusten einen Durchgang, und da er vieles zugleich spürte, den Himmel und das nahe Geräusch eines ans Ufer steigenden Schwanes, den unsichtbaren Halm, an dem sich ein Teil seines sandfarbigen Kittels verfing, und die Nähe der Mutter – war er einigermaßen mit sich beschäftigt.

Sobald er sie losgelassen hatte, verlangsamte die Frau ihren Schritt. Aber als sie eine kleine Unruhe in dem Zurückbiegen seines Kopfes sah, folgte sie ihm von neuem, bis er beim Anblick der vor ihnen liegenden Bucht ihrer völlig vergaß. Er starrte entzückt auf das einzige Gewächs, welches ihnen während des Sommers treu geblieben war und das aus einer kümmerlichen Kartoffelpflanze bestand. An dieser hatte sich eine kleine Knolle gebildet, die etwas über den Sand hinaussah, wie der nackte Kopf eines Neugeborenen. Erst nach einer Weile hatte er sich über diesen unerwarteten Erfolg so weit beruhigt, daß er bis zu einer von ihr bezeichneten Stelle schritt und von dieser nach rechts und nach links seine Ausflüge ausdehnte, und überall, wo er einem Teil seines fliegenden Gartens begegnete, steckte er einen kleinen Stab in die Erde als Wahrzeichen.

Aber er kehrte noch einige Male zurück, um die Knolle zu betrachten, bis er sie vergessen hatte.

Die Frau saß still am Ufer, ihre Arme lagen ein wenig kraftlos im Schoß und ihre Stirne hob sich nicht mehr so gradeaus über die Landschaft. Sie versuchte auch einen Augenblick dem Knaben nicht nachzublicken, obwohl sie sein süßes Spiel wie die Liebkosungen empfand, die er ihr zuweilen mit unbewußter Reife gab. Er konnte plötzlich eine seiner kleinen kräftigen Hände mit einem sanften Druck auf ihre Stirne legen, daß sie die Augen schloß und still wurde.

Heute sah sie nicht hinüber und ließ die nachdenkliche Falte zwischen ihren hellen Brauen lange stehen. Es rauschte über und hinter ihr.

Aber sie wußte, daß es nichts war, und daß das Geräusch aus ihrem Blute kam.

Sie versuchte seit vielen Tagen, nicht traurig oder bestürzt zu sein, weil sie nun wußte, daß sie heute oder morgen zu leben aufhören würde. Und sie versuchte auch, der großen Nachdenklichkeit Herr zu werden, die sie beim Anblick ihres Knaben immer von neuem überkam.

Seit einem Jahre hatte sie den Tod, soweit er nur sie anging, überwunden. Das furchtbare Ende ihres Mannes hatte sie wie ein Wahnsinn angefallen, der eingreift – ohne Rechte zu haben.

Dann rang sie mit ihm.

Nun begriff sie auch dieses und bekam eine andere Heiterkeit. Die sie sahen, wunderten sich flüsternd, daß man so schnell den Übergang finden könne – zu dem traurigen Alleinsein.

Aber für sie gab es kein Aufhören. Sie hatte in sich Zeichen, daß hinter dem Letzten der eigentliche Anfang sein müsse, und begriff das Lächeln der Greise.

Es war fast alles leichter geworden, seitdem aus dem Unsichtbaren eine Hand zu ihr hinübergriff. Sie besprach sich einfaltig mit dem, der nur ein kleines früher als sie aufgehört hatte, und reifte langsam zu ihrem eigenen Ende hin.

Für den Knaben schmolz Leben und Tod zusammen, und sie lehrte ihn seine kleinen Tage redlich nützen.

Über den See zogen weiße Lämmerwolken am Himmel. Der Knabe kam zum Wasser zurück und entdeckte sie zuerst am Grunde des bräunlichen Spiegels. Er begleitete die Wolken am Ufer, bis sie im Schilf verschwanden, und als sie plötzlich ganz fern waren, freute er sich – sie plötzlich am Horizont auftauchen zu sehen, und glaubte, daß sie eine Verbindung oder einen Durchgang gefunden haben mußten – unten unter dem Schilf.

Alles war gut.

In die Wälder, die hinter ihnen standen, tauchten zuweilen Vögel oder es erhob sich ein kleiner Schrei in den Mittag, den der Knabe zurückgab. Und die Frau, die diesen Frieden atmete, konnte um des Todes willen, den sie in sich aufsteigen fühlte, dennoch nicht anders, als sich im Einklang mit diesem allem zu wissen.

Denn alles war nur eine Weile, und wenn man Schwere um Schwere abgelegt hatte, die von innen her – aus einem vielleicht mühseligen Blute, das ererbt, oder zufällig in einem war, und von außen aus der Unvernunft und der Beengtheit anderer her – auf einen einstürmte, war dann nicht jeder Atem die Köstlichkeit jenes ersten Paradieses, das in dem Augenblick schon aufgehört hatte – da die Kindlichkeiten von einem genommen worden?

Und die Weisheit dreier Jahrzehnte war die, daß man sich über die Lilien beugte und ihre Süße begriff und sich der Kreatur erbarmte, deren Anspruchslosigkeit der Mensch nachstellte. Aber man maßte sich nicht länger an, für den Werdenden – für das Kind, mehr als ein Hüter seiner kleinen Tage zu sein.

Die Frau zog die Nadel Stich um Stich durch die Arbeit, die in ihrem Schoße lag, und während sie es tat, daß der Knabe nichts Auffälliges an ihr merken konnte, verfolgte sie die Schwäche ihres Körpers und überdachte noch einmal alles für die Zukunft ihres Kindes. Sie hatte geordnet und zu Papier gebracht, was ihr am Herzen lag, aber es war so wenig, daß es auf einem kleinen Zettel Platz hatte, der seit ein paar Tagen neben ihrem Kopfkissen lag.

Nach einer Weile fiel ihr Kopf hintenüber, und es mußte einen Augenblick gedauert haben, denn der Schatten, der über die Bucht gefallen war, ging tief hinein bis zum Wasser.

Sie erhob sich ein wenig mühsam und taumelte, weil nichts da war, an das sie sich hätte halten können, und als sie noch in den Knien lag, zitterte ihr Leib, und ihre Hände wurden feucht.

Es ging immer höher hinauf, brach aus den Schläfen und machte ihr die Haut über der Brust feucht.

Aber dann entdeckte sie ihn.

Er kam mit einem Haufen zerbrochener Eierschalen und mit einem vorjährigen Vogelnest aus dem Walde heraus und zögerte anfangs, weil er gegen ihre Abmachung etwas zu weit gegangen war.

Er wollte ihr die erste Anrede überlassen, aber sie war verändert. Es beruhigte sie – ihn mit dem für ihn ganz seltenen Funde heute beschäftigt zu wissen, und sie faßte ihn nur einen Augenblick, als der Schwindel sich noch einmal wiederholte – an sein helles Haar. Das fand er in der Ordnung. Als sie aufbrachen, ging sie aufrecht neben ihm, sie trug ihm einen Teil seiner zerbrechlichen Schätze und schwenkte das kleine Nest etwas gegen die Sonne, weil einige Fäden feucht waren. Wie sie das Haus erreichten und über die grüne Glasveranda gingen, war sie ihm um wenige Schritte voraus und ging immer weiter und eilig durch die Zimmer und sah umher, so, als wolle sie ganz rasch und für einige Zeit verreisen. In einem Zimmer war noch die Markise gegen den See zu hinuntergelassen, obwohl die Sonne nun an der anderen Seite war – aber sie versuchte es nur einen Augenblick, denn der Schwindel kam heftiger zurück. Er machte ihr das Kleid eng und die Schuhe, und sie zog eins nach dem anderen aus und trug es hinaus in die Wäschekammer. In dem Raume, wo ihr Bett stand, spielte der Knabe, er ging hin und her und trug seine Spielsachen in die Mitte des Fußbodens, wo noch Sonne war. Als sie an ihm vorüberging und sich über ihn beugte, konnte er sie nur mit seinem rechten Arm umschlingen, denn die andere Hand pumpte Wasser aus einem kleinen Brunnen, in den er die Schalen gelegt hatte.

Sie gab den Geranien auf den Fensterbrettern Wasser von oben und noch etwas in die Untersetzer – weil morgen vielleicht noch niemand daran denken würde. Und zwischen die Pflanzen streute sie Biskuits für die Vögel, und eben davor auf eine niedrige Bank legte sie die fünf, die der Knabe am Abend haben sollte. Er würde sie heute ja vielleicht schon etwas früher entdecken, aber sie stellte sich trotzdem so davor, daß er sie nicht sah, als sie sie austeilte.

Dann war alles getan. Es wurde sehr still im Zimmer, als sie sich ins Bett gelegt hatte und die Vögel noch nicht in der Nähe waren, weil sie ihr Futter erst am Morgen erwarteten.

Das Kind spielte in einem breiten Sonnenstreifen, der über den Fußboden fiel und wie ein glühendes Band unter ihm lag.

Und es schien nur ein kleines, daß es angezogen würde – von dorten, woher es kam, und auch ihn mit fortnähme.

Er war sehr vertieft und sah kaum auf. Die Zweige der Akazien, die vor den Fenstern standen, bewegten sich nicht, und das Licht des Nachmittags begann in den Abend überzugehen. In den entfernten Feldern war ein Geräusch erntender Schnitter, die ihre Sensen dengelten, um die letzten Reihen niederzumähen, ehe der Feierabend eingeläutet wurde, es klang dann und wann durch die Stille, in der der Knabe spielte.

Als ein Lufthauch in den Blättern anfing, bewegte er das Haar der Frau – deren Kopf ein wenig zur Seite gefallen war – so, als sähe sie dem Spiel des Kindes zu. Es ging glatt um den Kopf herum und wurde immer heller zu den Spitzen hin.

Sonst war nichts. Nur ein leises Ausatmen kam über die Lippen und ein kleines Lächeln, das sich bis zuletzt noch hervormühte.

Und dann war es still.

Über den Hof näherten sich nach einiger Zeit Schritte, die der Nachbarin gehörten, und die die Frau erwartet hatte. Als der Abendwind einsetzte, hob er den Zettel ein wenig auf, der neben ihr lag und auf dem wenige Sätze standen.

Und sie schrieb, daß es eigentlich nur das wäre:

„Daß fortan Eine bei ihm sitzen möge, die eine geduldige Seele habe.“

Else Wenzig

Mensch im Dunkel

Der Erstgeborene, gezeugt während das dicke Blut der Hofbäuerin sie in Schlaftrunkenheit übermannt, hatte sich, die Augen
mit Fäusten verklammert, ins Leben gezwängt, und blinzelte
nur ein wenig durch den Spalt, der seiner Seele offengeblieben
war.

Es hieß, daß der Erstgeborene schwachsinnig sei; etwas zu
mächtig wuchtete der Kopf, aber der kurze und starke Hals trug
ihn mit aufrechter Gebärde.

Der Erstgeborene wuchs auf wie im Weidebezirk das Pferd,
genau so unbekümmert und ausgreifend in Lauf und Ansprung.

Die Kraft aber, die in ihm war, gelüstete es auszubrechen
und sich ins Weite zu ergießen wie ein sich entgrenzender
Bach.

Und das Blut, das in ihm schwelte, umirrlichterte ihn, als risse es ihn an Haut und Haaren, aus dem Hofe, der des Vaters
war, fort.

Der Hofbauer aber hakte sich mit der Faust ein in sein Ge-
nack und sprach: „Du sollst künftig einmal hier Herr sein, weil
Dein Bruder von Granaten zerfetzt im Argonnerwald liegt, und
Du, Narrhafter, verbleibst mir als Erbe."

In dem Hofbauern stieg es wie Salzflut und zerquetschte ihm
die Silben in der Kehle um des Toten willen, der klarköpfig
und voll lammweißer Bravheiten gewesen war.

Der Erstgeborene aber, der zwischen zerwühlten Maul-
wurfshügeln im Gras nächtigte, benötigte weder Haus noch
Hof.

Er erbrach sich und spie grüne Galle aus, wenn man ihn um
der Wohlgeordnetheit willen zwang, im Hause zu verweilen.

164

Und sein Widerwille wuchs zusammen mit seinen Beinen, die nach dem Ungestüm des Laufes begehrten, und sein Widerwille wuchs zusammen mit seinen Armen, die nach der Frucht der wilden Holzbirne, herb und würzig wie der Granatapfel, langen wollten.

Und der Sinn dessen, was der Vater ihm zu wissen getan hatte, lief von ihm ab.

Die Knechte aber trieben ihr Spiel mit ihm und zerrten ihm am Gewand, auf daß ihre Lippen nahe an seinem Ohr waren, und raunten ihm zu, die Truhe des Hofbauern berge einen leinenen Sack voll Gold.

Der Erstgeborene fuhr mit einem Griff, der unerwogen aus seiner Hand kam, in die Lade und ließ die gelben Stücke tanzen, grinsend und mit gespitzten Fingern.

Als der Hofbauer die Hand hob zum Schlag, rannte der Erstgeborene in den Stall, stieß mit den Ellenbogen die gaffende, bloßbeinige Magd gegen die Türe und warf sich, das Gesicht voll Naß, neben die Raufen der Kühe.

Die Hofbäuerin fuhr mit einem Schrei empor aus ihrem Gejammer. Sie hatte, die Schürze vor dem Gesicht, in dem warmen dunstigen Dunkel gehockt, und ihr zahnarmer Mund stammelte Zärtlichkeiten für den Toten.

Als der Erstgeborene mit Ungestüm eindrang, verwirrten sich ihre Gedanken. Sie warf um ihn die Arme, blau von Adern überquert, und zerrte ihn zu sich her, als solle er noch einmal in seiner Mutter Schoß eingehen.

Alsdann aber riß sie den Mund heulend auf und schrie zu Gott, weil sie ihres Jammers um den toten Sohn wieder gewahr wurde.

Als der Erstgeborene das hörte, begab sich ein Aufstand in ihm, und das Wissen um den Tod flog ihn an wie der Geier des Verhängnisses.

Das Gewinsel eines jungen Hundes verkroch sich in dem Stalle.

Der Erstgeborene warf mit einem Lehmklumpen nach ihm, unter der Gedunsenheit seiner Augdeckel entzündeten sich frechrote Blitze.

Danach durchschüttelte es ihn, gleich als wie ein Vorstoß zum Aufbruch, und er lief aus dem Umkreis dessen, was ihn gezeugt und großgezogen hatte, fort.

Er lief triebhaft nach vorn gereckt, das von braunrotem Sauerampfer getupfte Gras wie etwas Elastisches unter den Füßen. Seine pendelnden Arme schlugen Halbbogen durch die flimmernde Luft, und während die Mittagssonne in lotrechtem Gestrahle die Fläche verbrannte, tat er einen Griff wie mit groben Zangen in die vollen warmen Euter einer Mutterkuh, die sich an ihn gedrängt hatte. Die Herde zog vorbei, dumpf glotzend und schwerfällig, der kleine Hirt pfiff.

Der Erstgeborene nahm die Beine kauernd unter sich und wartete auf das Sausen, das die Hitze, die ihn umdrängte, durchstoßen sollte.

Er hatte seine Kleider abgetan und war nackt; sein Leib aber, der Schweiß von sich gab wie die Rinde des Baumes, hatte Teil an der fangarmigen Feuchtigkeit des Organischen.

Da erhob sich Wind rhythmisch zwischen den Baumwipfeln, wurde lauter und überlud sich mit einem wirren Gedudel von Stimmen. Es durchpfiff und umsurrte die klumpige Struktur des Gebüsches; und das Feld, das gelbfarben war, dunkelte plötzlich ein und ahmte das Geschiebe der Wasserwogen nach.

Der Erstgeborene warf sich bäuchlings längs der Furche hin bei dem ersten Ton, mit dem der Donner, dem Geleuchte auf den Fersen, den Sturmtumult überkrachte; und durch sein Hirn torkelten seine Sicherheiten, blind vor Furcht, weil von einem

Lebentötenden Gewalt ausging, denn dicht über ihm schrägte das Gezücht gelbleibiger Blitzesschlangen.

Der Erstgeborene zerkratzte die Lehmerde rund um sich herum vor Lebensgier, und die Todesangst fraß sich gleich einer eitrigen Wunde in ihn hinein.

Stoßkräftig durchspalteten die Blitzottern das Gewölk; sie übersprangen schließlich den Raum und machten sich gemein an einer gespreizten Weide, deren gehöhlter Stamm danach brandig und geschwärzt dicht neben dem Erstgeborenen in die Luft starrte und so die wegwerfende Gebärde des Todes wiederholte, der an ihm vorbeigeschritten war.

Der Erstgeborene warf seine Arme um den Baum, und das Holz erzitterte, verbunden wie durch Nerven, als müsse das geschenkte Leben irgendwo durchstoßen.

Um etwas Lebendiges zwischen den Fingern zu haben, suchte der Erstgeborene eine Katze zu haschen, die mit bogigem Rücken, voller unsanft gesträubter Haare stand. Aber sie fauchte ungebärdiger als ein Wildtier und biß ihn in die Hand.

Da setzte er die Lippen auf und sog Blut.

Aus dem hochroten Saft strömten allerhand Lustgefühle in ihn ein, und die Bewußtheit seines Geschlechts erfüllte sich an ihm wie ein Geschehnis von betäubender Süßigkeit.

Der Erstgeborene streckte sich mit der Hingebung eines Genießenden in den Raum, und die neu aufkommende Leichtigkeit der Luft warf ihm Vogelstimmen entgegen.

Und er riß sich los, taumelnd von dem Übermaß an Erleben, nachdem er das Bekenntnis zu sich selbst wild ausgekostet hatte, und lief zickzackquer über die gedüngten Brachen und durch das gurthohe Korn.

Das Holzbild des Gekreuzigten am Rain, überhangen von einem zu früh aus der Wolke gekommenen Sonnenstrahl, warf sich ihm wie ein Schrei über den Weg und versuchte ihn mit der Eindringlichkeit des Leidens.

Der Erstgeborene aber witterte unendlichen Verzicht, und seine Lebensgier sagte ihm, daß das Kreuzigungsgebot in dem jämmerlich gespießten Leibe sei.

Daraufhin zerrte er in immer kürzeren Intervallen an den Nägeln, bis das Kreuz splitterte, aber es löste sich nichts aus Holz denn sein eignes Gestöhn.

Ein Bauernweib, dem das Grausen in die Gedärme gefahren war, hielt mitten im Jäten ein, ihr Gekeife setzte ihm nach wie ein schaumgeifernder, tollgewordener Hund.

Aber er warf Nichtachtung über sie, mit abschweifender Fremdheit im Gesicht, und stieß mit seinem Willen in das, was vor ihm war.

Mißbehagen befiel ihn, und hieß seine Füße laufen noch schneller denn vordem.

Unerlebte Strecken schoben sich jetzt blind und ohne Abmaß unter seinen Sohlen fort.

Als er plötzlich strauchelte, setzte die Besinnung ein.

Aus der Furche wälzte sich Körpergeruch, seine Hände griffen verwirrt in geflochtenes Haar, und sein Blut rührte sich wie ein Tier, das geschlafen hat.

Der Erstgeborene begriff nicht gleich, daß der ausgestreckte Frauenleib ohne den Antrieb des Lebendigen war.

Vom Westen her befuhr der Wind lüstern die eben kalt gewordenen Brüste und die vom Blitzschlag geschändete Haut.

Der Erstgeborene freute sich mit auseinander gesperrten Lippen über ihr und erlebte zum ersten Male das Du.

Unklare Zärtlichkeiten, die von irgendwo hängen geblieben, kamen täppisch eine nach der anderen, wirrten sich mit seinen Unerfahrenheiten und durchschwellten sein Hirn mit Blut.

Ihn überkam Ungeduld, das Weib aufzuwecken, und blies Luft hinein in ihre Nasenflügel, und griff, Leidenschaftliches vor sich hermurmelnd, mit ungelenker Hand und jäh nach ihren Gliedern, sie durchschüttelnd, wie man im drahtgespannten Siebe Sand und Steine rüttelt.

Aber regloses Geheimnis bewahrte der mit Kleiderfetzen überstülpte Leib, und aus dem Glasrund der Iris fuhr ihm, der täppig roh die blutunterlaufenen Augendeckel hochzerrte, anhebende Auflösung, die in Feuchte schwamm, entgegen.

Da zuckte das Herz des Erstgeborenen und tat wilde Schläge und begann aufzustöhnen, weil Tod überall war.

Vorwurfsvoll warf er seine Anklagen in den Raum und hub an zu schreien. Sein Inwendiges entspannte sich und gab urzeitliche Laute aus der gewölbten Kehle, Laute, die vor der Sprache da waren.

Als von nirgendwo Antwort kam, versammelte sich der Erstgeborene zur Wehr.

Er befaßte sich damit, den toten Leib aufzuraffen mit plumpen Griffen und warf ihn sich über die Schulter. Der stiernackige Hals strammte sich wie ein Seil, und die Haut dampfte ihm und quoll graurot auf unter der Last.

Der Erstgeborene schritt so steil gegen den Himmelsrand, an den weghaltenden Pappeln vorbei westwärts zum Fluß, sich kein Ausruhen gönnend vor Grimm über den gotteslästerlichen Begriff Tod; und dicht hinter ihm lief, mit Auswüchsen des Zornigseins behaftet, sein langer Abendschatten.

Milchernes Wasser kollerte über das Wehr hin und fraß in sich den lauten Takt seiner Tritte.

Der Erstgeborene erklomm die Böschung vom Uferrand, und sein Blick schweifte aus, an den Daseinsgegenwärtigkeiten erstarkend, und sänftigte sich.

Aber der Leib der Toten, den der Weißdorn am Wege geritzt hatte, spie ihm Blutwasser über die nackten Schenkel, davon ihn frech und kalt das Gefühl der Vernichtung ansprang.

Da spannte er sich zur Tat.

Dumpfgärendes fuhr ihm durch das Hirn, als er um des Todes ledig zu sein, den Frauenleib mit aufschnellenden Muskeln von sich abstieß.

Die Brüste streiften ihn, aber er straffte sich im Genack und warf sie ins Wasser.

Gliedmaßen bohrten sich in nassen Pfühl, der rote kurze Rock quoll langsam auf, und noch einmal steilte sich unter dem Antrieb des Strudels großspurig ein Arm, bis das blänkernde Wasser genießerisch unbekümmert darüber hinstampfte.

Als der Erstgeborene das sah, zuckte ihm ein letzter Stoß durch die Seele; danach aber übertrotzte er sich und gab donnergleich lautes Signal an die Luft, daß er Sieger geblieben sei, und schwoll auf wie ein Gebläse von Glas.

Aber noch während er sich Ungeheuerliches vermaß, äffte ihn aus der Bucht, wo der Fluß zum Ruhen gerundet lag, ein Gesicht.

Der Erstgeborene sah sein eigen Bild schreckhaft im Wasser; schamlos von der kurzen Lippe bloßgelegte Zähne und versträhntes Haar.

Da ereilte ihn das Grauen vor sich selbst.

Und vor ihn hingeworfen mit der Macht der Erscheinung begrinste ihn aus der Fratze eigenen Geblüts der unbesiegte Tod.

Der Erstgeborene fiel bezwungen hin am Uferrand, wo das Wurzelgeflecht der Erle krumm das Erdreich durchfuhr.

Der schwere Kopf sank hinab, demütig, aus seinen Muskeln schälten sich heraus die Gespanntheiten, und Leid, das voll geheimer Fruchtbarkeiten war, salbte ihn.

Nun empfand der Erstgeborene, daß er einer Wandlung nahe sei, und wie eine Hülle, die man willig abtut, entglitt ihm sein Eigensein, und sein Ich quoll aus ihm hervor und wurde Stamm und Zweig und Blatt.

Der Erstgeborene wuchs wie ein ins Licht stoßender Schaft aus dem Geäst, und das Gehauch alles Blühens, das je den aufgetanen Schoß der Kelche beschwebt hatte, strömte sich mit tiefer Selbstverständlichkeit aus durch seine offenen Poren, und die Breite seines Körpers streckte sich, angesaugt von riesenhafter Strahlung, ins Unendliche hinein.

Da drängte sich der Vernichter zum letzten Mal in Gestalt einer Knickung vor, die den Ast, auf dem der Erstgeborene stand, um seine Last erleichterte, und der Leib, der nicht mehr lüstern nach der Auflehnung war, geriet in die Gewalt des Wassers. Aber Welle um Welle kam und hoben den Erstgeborenen auf gewölbte Schultern und trugen ihn heim.

Und so fand sich der Erstgeborene zurück in den Mutterschoß aller Tage, der ihn von Anbeginn mit der Güte der Dunkelheiten getränkt hatte.

Bio-Bibliographien

Zur Textgestaltung: In wenigen Fällen wurden Orthographie und Interpunktion der Druckvorlagen dem heutigen Gebrauch behutsam angeglichen. Offensichtliche Druckfehler wurden korrigiert.

Bei den bibliographischen Angaben werden folgende Abkürzungen verwendet:

D Druckvorlage
o.T. ohne Titel
u.d.T. unter dem Titel
u.d.N. unter dem Namen
u.d.Ps. unter dem Pseudonym

GUTTI ALSEN

Geb. 4. September 1869 in Königsberg, gest. 24. Mai 1929 in Königsberg. Erzählerin, Lyrikerin und Übersetzerin. Früh verwitwet. Widmete ihrer Tochter, die zwanzigjährig verstarb, den posthum erschienenen Roman *Requiem*. Drei Veröffentlichungen in der expressionistischen Zeitschrift *Die Flöte*.

Bibliographie: *Die Mutter. Blätter aus dunklen Tagen*. Roman. Berlin 1922; *Die Abseitigen*. Novellen. Berlin 1922; *Die Träumenden*. Novellen. Königsberg 1925; *Requiem*. Roman. Berlin-Grunewald 1929; *Geschichten von dunkeln Lieben*. Königsberg 1931.

Daneben Übersetzungen französischer Literatur (u.a. *Fanny* v. Ernest Feydeau).

Die kleine Puppe 70
In: *Die Flöte*, Jg. 2 (1919/20), S. 91-94 (D); auch in: *Die Abseitigen*. Berlin 1922, S. 33-36.

MARIA BENEMANN

Geb. 5. April 1887 in der Brüdergemeinde Herrnhut, gest. 11. März 1980 in Überlingen. Mädchenname: Maria Dobler. Jugendjahre in Dresden; heiratete 1906 den Buchhändler und Gründer des Horen Verlags Gerhard Benemann (starb im Herbst 1914); eine Tochter (1907) und ein Sohn (1911). Aufenthalte in Worpswede, Freundschaft mit Heinrich Vogeler. Veröffentlichte im Frühjahr 1914 erste Gedichte in den *Weißen Blättern*. Enge Beziehung zu Richard Dehmel; Bekanntschaften mit Rainer Maria Rilke und Franz Werfel, Freundschaft mit Walter Gropius. Lebte nach dem Zweiten Weltkrieg einige Jahre in Mexiko, später in Großhansdorf bei Hamburg.

Bibliographie: *Wandlungen*. Gedichte. Leipzig 1915; *Die Reise zum Meer*. Märchen. Weimar 1915; *Kleine Novellen*. Weimar 1916; *Leih mir noch einmal die leichte Sandale. Erinnerungen und Bewegungen*. Hamburg 1978.

In: *Kleine Novellen*. Weimar 1916, S. 71-81 (D).

BESS BRENCK-KALISCHER

Geb. 21. November 1878 in Rostock, gest. 2. Juni 1933 in Berlin. Mädchenname: Betty Levy. Besuchte eine höhere Mädchenschule, später ein Lehrerinnenseminar; studierte einige Semester Philosophie, ließ sich dann als Rezitatorin ausbilden. Heiratete 1906 den Schriftsteller Siegmund Kalischer. Seit 1913 literarisch tätig; veröffentlichte ab 1914 Dichtungen in den expressionistischen Zeitschriften *Neue Jugend*, *Die Schöne Rarität* und *Menschen*. Mitbegründerin der ‚Expressionistischen Arbeitsgemeinschaft Dresden‘. Lebte um 1918 vorübergehend in Hellerau, danach in Berlin.

Bibliographie: *Dichtung*. Dresden 1917; *Die Mühle. Eine Kosmee*. Roman. Berlin 1922.

In: *Die Mühle. Eine Kosmee*. Roman. Berlin 1922, S. 39-46 (D) (Titel wird übernommen v. Peter Ludewig (Hg.): *Schrei in die Welt. Expressionismus in Dresden*. Zürich 1990, S. 122-129).

EL HOR

Lebensdaten nicht bekannt. Wer sich hinter dem Pseudonym (auch ‚El Ha‘) verbirgt, konnte bislang nicht ermittelt werden. Sicher ist jedoch, dass es sich um eine Dichter*in* handelt, die in Wien lebte, zwei schmale Prosabände im Verlag von Hermann Meister publizierte und seit 1913 Prosaskizzen in den expressionistischen Zeitschriften *Saturn* und *Der Friede* veröffentlichte (darüber hinaus u.a. im *Pan*, in der *Schaubühne* und *Weltbühne* sowie in der *Prager Presse*).

Bibliographie: *Die Schaukel*. Skizzen. Heidelberg 1913; *Schatten*. Prosaskizzen. Heidelberg 1920 (u.d.Ps. El Ha); *Die Schaukel. Schatten*. Prosaskizzen. Neu hg. u. mit einem Nachw. vers. v. Hartwig Suhrbier. Göttingen 1991.

ERNA GERLACH

Lebensdaten nicht bekannt. Zählte zum Kreis des Hamburger Expressionismus; veröffentlichte ab 1919 Lyrik und Prosa in den Zeitschriften *Die Rote Erde*, *Die Sichel*, *Das junge Deutschland* und *Kündung*.

CATHERINA GODWIN

Geb. 1884, weitere Lebensdaten nicht bekannt. Lebte in München, Mitglied des Schutzverbandes deutscher Schriftsteller, des Pen-Clubs und des Literaturbeirats des Stadtrats München. Veröffentlichte Beiträge im *Forum* und in den *Weißen Blättern*; darüber hinaus Prosapublikationen in verschiedenen Tageszeitungen, u.a. in der *Vossischen Zeitung* und im *Hamburger Fremdenblatt*.

Bibliographie: *Begegnungen mit Mir*. Prosa. München 1910; *Das nackte Herz*. Prosa. München 1912; *Die Frau im Kreise*. Roman. München 1920; *Der Gast vom gelben Zimmer*. Novelle. München 1922; *Der Mieter vom vierten Stock. Der unheimliche Roman eines Hauses*. Berlin 1923; *Kartenhäuser. Sechs Episoden eines verlorenen Liebesspiels*. Berlin

1923; *Die Brendor A.G.* Roman. Berlin 1923; *Geldjäger. Roman aus der Gegenwart*. Berlin 1923; *Die Treppe*. Roman. Leipzig 1924; *Das Hotel der Erfüllung*. Roman. Berlin 1927; *Die gelbe Kappe*. Roman. Leipzig o.J.

In: *Das Forum*, Jg. 1, H. 1, April 1914, S. 39 (D).

CLAIRE GOLL

Geb. 29. Oktober 1890 in Nürnberg, gest. 30. Mai 1977 in Paris. Mädchenname: Klara Aischmann. Unglückliche Kindheit in München. Heiratete 1911 den späteren Verleger Heinrich Studer; 1912 Geburt einer Tochter. Trennte sich von Mann und Kind, ging 1917 nach Genf; Kontakte zum Kreis der Dadaisten in Zürich, Teilnahme an der pazifistischen Bewegung. Nach einer Liaison mit Rainer Maria Rilke in München heiratete sie 1921 den Dichter Ivan Goll, den sie während des Ersten Weltkriegs in der Schweiz kennengelernt hatte; lebte mit ihm ab 1919 in Paris, wo beide enge Beziehungen zur künstlerischen Avantgarde knüpften. 1939 emigrierte das Dichterehepaar nach New York, 1947 Rückkehr nach Paris.

Bibliographie: *Mitwelt*. Gedichte. Berlin-Wilmersdorf 1918 (u.d.N. Claire Studer); *Die Frauen erwachen*. Novellen. Frauenfeld 1918 (u.d.N. Claire Studer); *Der gläserne Garten*. Zwei Novellen. München 1919 (u.d.N. Claire Studer); *Tendres impôts à la France*. Poèmes. Paris 1920; *Lyrische Films*. Gedichte. Basel, Leipzig 1922; *Une Allemande à Paris*. Roman. Paris 1924 – dt.: *Eine Deutsche in Paris*. Berlin 1927; *Poèmes d'amour*. Paris 1925 (zus. m. Ivan Goll) – erw. Ausg. Paris 1930; *Journal d'un cheval. Les mémoires d'un moineau*. 2 Prosastücke. Bâle, Strasbourg 1925 – dt. v. *Journal d'un cheval*: *Tagebuch eines Pferdes*. Thal, St. Gallen 1950; *Poèmes de Jalousie*. Paris 1926 (zus. m. Ivan Goll); *Der Neger Jupiter raubt Europa*. Roman. Zürich 1926; *Poèmes de la vie et de la mort*. Paris 1927 (zus. m. Ivan Goll); *Une Perle*. Roman. Paris 1929 – dt.: *Ein Mensch ertrinkt*. Wien 1931; *Ménagerie sentimentale*. Paris 1930; *Un crime en Province*. Roman. Paris 1932 – dt.: *Arsenik*. Paris, Wien 1933; *Education Barbare*. Roman. New York 1941; *Le tombeau des amants inconnus*. Roman. New York 1941; *Blanchisserie Chinoise*. Novelle. New York 1943 – dt.: *Chinesische Wäscherei*. Zürich 1953;

L'Inconnue de la Seine. Le Dîner de 500 Francs. Deux novelles. New York 1944; *Contes et légendes russes.* Montreal 1946; *Love poems.* New York 1947 (zus. m. Ivan Goll); *Chansons Indiennes.* Paris 1951 – dt.: *Roter Mond, weißes Wild.* Heidelberg 1955; *Les Larmes pétrifiées.* Poèmes. Paris 1951 – dt.: *Versteinerte Tränen.* Karlsruhe 1952; *Dix mille aubes. Poèmes d'amour.* Paris 1951 (zus. m. Ivan Goll) - dt.: *Zehntausend Morgenröten. Gedichte einer Liebe.* Wiesbaden 1954; *Nouvelles petites fleurs de St. François.* Paris 1952 (zus. m. Ivan Goll) – dt.: *Neue Blümlein des heiligen Franziskus.* Thal, St. Gallen 1952; *Die Taubenwitwe.* Trois récits. Thal, St. Gallen 1952; *Rilke et les femmes. Suivi de lettres de Rainer Maria Rilke.* Paris 1955; *Apollon sans bras.* Novelle. Paris 1956; *Das tätowierte Herz. Ein indianischer Gesang von Liebe und Tod.* Wiesbaden 1957 – franz.: *Le Cœur tatoué.* Poèmes. Paris 1958; *Le Ciel volé.* Roman. Paris 1958 – dt.: *Der gestohlene Himmel.* Eine Erzählung. München 1962; *Duo d'amour. Poèmes d'amour.* Paris 1959 (zus. m. Ivan Goll); *Un amour au Quartier Latin.* Roman. Paris 1959; *Klage um Ivan.* Gedichte. Wiesbaden 1960; *Le Récolte de Huîtres.* Novelle. Paris 1960; *Jeanne d'Arc deux fois brûlée.* Novelle. Paris 1961; *Les confessions d'un moineau du siècle.* Erzählungen. Paris 1963 – dt.: *Memoiren eines Spatzen des Jahrhunderts.* Wiesbaden 1969; *Le Suicide d'un Chien.* Novelle. Paris 1964; *L'Antirose.* Gedichte. Paris 1965 (zus. m. Ivan Goll) – dt.: *Die Antirose.* Wiesbaden 1967; *La Correction.* Novelle. Paris 1968; *L'ignifère.* Gedichte. Bagnols-sur-Cèze 1969; *Traumtänzerin. Jahre der Jugend.* München 1971; *Hölderlin ou le tour du fou.* XI chants inèdits. Saint-Genic-sur Guiers 1973; *Zirkus des Lebens.* Erzählungen. Berlin 1976; *La poursuite du vent.* Paris 1976 – dt.: *Ich verzeihe keinem. Eine literarische chronique scandaleuse unserer Zeit.* Bonn, München 1978; *Jedes Opfer tötet seinen Mörder (Arsenik).* Roman. Berlin 1977; *Der Gläserne Garten. Prosa 1917-1939.* Hg. v. Barbara Glauert-Hesse. Berlin 1989; *„Ich sehne mich sehr nach Deinen blauen Briefen". Rainer Maria Rilke / Claire Goll, Briefwechsel.* Hg. v. Barbara Glauert-Hesse. Göttingen 2000; *„Ich liege mit deinen Träumen". Liebesgedichte* (zus. m. Ivan Goll). Hg. v. Barbara Glauert-Hesse. Göttingen 2009.

Daneben herausgegebene Schriften und Übersetzungen.

In: *Die Frauen erwachen.* Novellen. Frauenfeld 1918, S. 29-45 (D); auch in: *Der Gläserne Garten. Prosa 1917-1939.* Berlin 1989, S. 158-165.

SYLVIA VON HARDEN

Geb. 28. März 1894 in Hamburg (Rotherbaum), gest. 4. Juni 1963 in Croxley Green, Rickmansworth/England. Mädchenname: Sylvia von Halle. Tochter einer Holländerin und eines Hamburger Kaufmanns. Lebte nach Aufenthalten in München und Zürich in Berlin, wo sie journalistisch tätig war. 1915-1921 enge Freundschaft mit Ferdinand Hardekopf. Heiratete 1922 F. C. Lehr. Zählte zu den Künstlerkreisen des ‚Romanischen Cafés‘ (berühmtes Porträt von Otto Dix 1926). Floh in den dreißiger Jahren in die Schweiz, emigrierte dann über Italien nach England.

Bibliographie: *Verworrene Städte*. Gedichte. Dresden 1920; *Robespierre*. Novelle. Berlin 1924; *Die italienische Gondel*. Gedichte. Berlin-Charlottenburg 1927; *Das Leuchtturmmädchen von Longstone*. Erzählung. Kassel 1958.

Die Maske 41
In: *Die Bücherkiste*, Jg. 1 (1919), Nr. 2, S. 22f. (D).

HENRIETTE HARDENBERG

Geb. 5. Februar 1894 in Berlin, gest. 26. Oktober 1993 in London. Mädchenname: Margarete Rosenberg. Tochter eines jüdischen Rechtsanwalts. Durch Vermittlung des Dichters Richard Ochring Kontakt zu Franz Pfemferts Zeitschrift *Die Aktion*, in der sie ab April 1913 Lyrik und Prosa veröffentlichte. 1914 Bekanntschaft mit dem Dichter Alfred Wolfenstein, den sie 1916 heiratete; im November 1916 Geburt eines Sohnes. Lebte mit Wolfenstein bis 1924 in München, wo sie u.a. Rainer Maria Rilke und Johannes R. Becher kennenlernte; Rückkehr nach Berlin. Modevorführungen und kleine Filmrollen; ab 1929 Privatsekretärin des amerikanischen Kunstprofessors Richard Offner. 1930 Scheidung von Wolfenstein. Zusammen mit dem Architekten, Bildhauer und Dichter Kurt Frankenschwerth, den sie 1938 heiratete, emigrierte sie 1937 nach England.

Bibliographie: *Neigungen*. Gedichte. München 1918; *Dichtungen*. Hg. v. Hartmut Vollmer. Zürich 1988; *Südliches Herz. Nachgelassene Dichtungen*. Hg. v. Hartmut Vollmer. Zürich 1994.

Ausgesprochene Schwachheiten 120
In: *Die Aktion*, Jg. 5, Nr. 11/12, 13.3.1915, Sp. 136-138; auch in: *Dichtungen*. Zürich 1988, S. 71-73 (D).

EMMY HENNINGS

Geb. 17. Januar 1885 in Flensburg, gest. 10. August 1948 in Sorengo/Lugano. Mädchenname: Emma Maria Cordsen; entstammte einer deutsch-dänischen Seemannsfamilie. Heiratete 1904 den Schriftsetzer Joseph Paul Hennings; schlossen sich gemeinsam einer Wanderbühne an. 1904 Geburt eines Sohnes, der keine zwei Jahre alt wurde; 1906 Geburt einer Tochter. Nach der Scheidung von ihrem Mann 1907 Reisen als Vortragskünstlerin. Lernte in München ihren späteren Mann Hugo Ball kennen (Heirat 1920), mit dem sie 1915 nach Zürich emigrierte, wo beide das ‚Cabaret Voltaire‘ gründeten. Letzte Lebensjahre im Tessin, Freundschaft mit Hermann Hesse.

Bibliographie: *Die letzte Freude*. Gedichte. Leipzig 1913; *Gefängnis*. Roman. Berlin 1919; *Das Brandmal. Ein Tagebuch*. Berlin 1920; *Helle Nacht*. Gedichte. Berlin 1922; *Das Ewige Lied*. Prosa. Berlin 1923; *Der Gang zur Liebe. Ein Buch von Städten, Kirchen und Heiligen*. München 1926; *Hugo Ball. Sein Leben in Briefen und Gedichten*. Berlin 1930; *Hugo Balls Weg zu Gott. Ein Buch der Erinnerung*. München 1931; *Die Geburt Jesu. Für Kinder erzählt*. Nürnberg 1932; *Blume und Flamme. Geschichte einer Jugend*. Einsiedeln, Köln 1938; *Der Kranz*. Gedichte. Einsiedeln, Köln 1939; *Das flüchtige Spiel. Wege und Umwege einer Frau*. Einsiedeln, Köln 1940; *Märchen am Kamin*. Einsiedeln, Köln 1943; *Das irdische Paradies und andere Legenden*. Luzern 1945; *Ruf und Echo. Mein Leben mit Hugo Ball*. Einsiedeln, Zürich, Köln 1953; *Briefe an Hermann Hesse*. Hg. v. Annemarie Schütt-Hennings. Frankfurt/M. 1956; *Geliebtes Tessin*. Zürich 1976; *Weihnachtsfreude*. Erzählungen. Zürich 1976; *Frühe Texte*. Hg. v. Bernhard Merkelbach. Siegen 1984; *Betrunken taumeln alle Litfaßsäulen. Frühe Texte und autobiographische Schriften 1913-1922*. Hg. v. Bernhard Merkelbach. Hannover 1990.

In: *Die neue Kunst*, Jg. l, Bd. 1 (1913/14), S. 274-276 (D); auch in: *Betrunken taumeln alle Litfaßsäulen. Frühe Texte und autobiographische Schriften 1913-1922*. Hannover 1990, S. 38f.

MARIE HOLZER

Geb. 11. Januar 1874 in Czernowitz, gest. 5. Juni 1924 in Innsbruck. Lebte in Prag und Innsbruck. War bis zum Ersten Weltkrieg eine enge auswärtige Mitarbeiterin Franz Pfemferts; veröffentlichte zwischen 1911 und 1914 Prosaskizzen, Essays und Rezensionen in der *Aktion*. Zahlreiche Beiträge im *Prager Tagblatt*; Korrespondentin der *Frankfurter Zeitung*. Wurde von ihrem Mann, dem österreichischen Oberst a.D. Hans Holzer, in einem Ehestreit erschossen.

Bibliographie: *Im Schattenreich der Seele*. Prosa. Leipzig 1911.

In: *Die Aktion*, Jg. 4, Nr. 2, 10.1.1914, Sp. 41-43 (D).

ANGELA HUBERMANN

Geb. 5. Februar 1890 in Znaim (Mähren), gest. 7. April 1985 in Moskau. Mädchenname: Angela Helene Müllner. Tochter eines Eisenbahnschaffners. 1904 Umzug mit ihrer Familie nach Wien. Liebesbeziehung zum Schriftsteller Leopold Hubermann; 1909 Geburt einer Tochter; 1910 Heirat mit Hubermann. 1913 Übersiedlung nach Paris. 1914 erste literarische Veröffentlichungen in den Zeitschriften *Die Ähre* und *Die Aktion*. Nach Ausbruch des Ersten Weltkriegs Trennung von Hubermann. 1915 lernte sie in Zürich den Berliner Expressionisten Simon Guttmann kennen, den sie 1916 heiratete; 1918 Trennung. 1920 Übersiedlung nach Berlin; psychoanalytische Studien. Begegnung mit dem Medizin- und Soziologiestudenten und KPD-Mitglied Wilhelm Rohr, Heirat, ging mit ihm 1925 nach Moskau; russische Staatsbürgerin. Ärztliche und schriftstellerische Arbeiten; 1928-1937 Russland-Korrespondentin der *Frankfurter Zeitung*. Nach dem Überfall der deutschen Wehrmacht auf Russland 1941 Verhaftung wegen Spionageverdachts; fünfjährige Haft; danach Verbannung; Landärztin in Sibirien. 1957 Rehabilitation, Rückkehr nach Moskau, wo sie bis zu ihrem Tod lebte.

Bibliographie: *Im Angesicht der Todesengel Stalins*. Autobiogr. Aufzeichnungen (u.d.Ps. Helene Golnipa). Hg. v. Isabella Ackerl. Mattersburg-Katzelsdorf bei Wien 1989; *Der Vogel*. Gesammelte Erzählungen und Reportagen (u.d.N. Angela Rohr). Hg. v. Gesine Bey. Berlin 2010.

Trommler Okerlo 117
In: *Die Aktion*, Jg. 6, Nr. 9/10, 4.3.1916, Sp. 120-122 (D); auch in: *Der Vogel*. Berlin 2010, S. 106-109.

ELISABETH JANSTEIN

Geb. 19. Oktober 1893 in Iglau/Mähren, gest. 31. Dezember 1944 in Winchcombe/England. Stammte aus einer geadelten Offiziersfamilie. War zunächst als Telefonistin in Wien tätig. Publizierte zwischen 1918 und 1921 Lyrik und Prosa in den Zeitschriften *Die Aktion* und *Der Friede*. In den zwanziger Jahren Gerichtsberichterstatterin des *Abend*, dann Mitarbeiterin des *Berliner Börsen-Courier* und der *Neuen Freien Presse*, als deren Korrespondentin sie nach Paris und Brüssel ging. 1939 emigrierte sie nach England, wo sie schwerkrank und zurückgezogen in der Nähe von London lebte.

Bibliographie: *Gebete um Wirklichkeit*. Gedichte. Wien, Prag, Leipzig 1919; *Die Kurve*. Aufzeichnungen. Wien, Prag, Leipzig 1920; *Die Landung*. Gedichte. München 1921.

Die Telephonistin 28
In: *Die Kurve*. Aufzeichnungen. Wien, Prag, Leipzig 1920, S. 54-57 (D).

ELISABETH JOEST

Geb. 19. Juli 1893 in Karlsruhe, Sterbedatum nicht bekannt. Mädchenname: Elisabeth Krüger. Lebte in Jena, Heidelberg, Berlin und Speyer. Schrieb zwölfjährig bereits Gedichte, die 1920 in einer kleinen Sammlung erschienen; veröffentlichte zwischen 1918 und 1921 Lyrik und Prosa in den Zeitschriften *Die Flöte* und *Saturn*; mehrere Beiträge in der Zeitschrift *Das Landhaus*. In den zwanziger Jahren u.a. Publikationen im *Berliner Tageblatt* und in der *Frankfurter Zeitung* (u.d.N. Elisabeth Joest-Krüger).

Bibliographie: *Jens Palmström*. Novellen. München 1919; *Der Eibenstrauß des Knaben*. Erzählungen. Berlin-Schöneberg 1920; *Sternbild am frühen Firmament*. Gedichte. Coburg 1920; *Das Todesurteil*. Prosa. Berlin-Schöneberg 1920; *Vibrationen*. Roman. München 1920.

In: *Der Eibenstrauß des Knaben.* Erzählungen. Berlin-Schöneberg 1920,
S. 18-21 (D).

CLÄRE JUNG

Geb. 23. Februar 1892 in Berlin, gest. 25. März 1981 in Berlin (Ost).
Mädchenname: Cläre Otto. Frühe Kontakte zum Berliner Expressionis-
mus; Bekanntschaft mit Georg Heym, Franz Pfemfert, Else Lasker-
Schüler u.a. Verheiratet mit Richard Oehring, danach mit Franz Jung.
Ausbildung als medizinische Assistentin. Arbeitete als Journalistin; enga-
gierte sich in der revolutionären Arbeiterbewegung. Gab 1927-1944 den
Deutschen Feuilleton Dienst heraus; 1945-1952 Mitarbeit beim ‚Berliner
Rundfunk‘; Veröffentlichungen in Zeitschriften und Zeitungen der DDR.

Bibliographie: *Aus der Tiefe rufe ich.* Roman. Berlin 1946; *Paradiesvögel. Erinnerungen.* Hamburg 1987; *Aus der Tiefe rufe ich. Texte aus
sieben Jahrzehnten.* Hg. v. Monika Melchert. Berlin 2004.

In: *Freie Straße*, Folge 3 (1916), S. 5f. (u.d.N. Cläre Otto) (D); auch in:
Paradiesvögel. Erinnerungen. Hamburg 1987, S. 210-212.

LOLA LANDAU

Geb. 3. Dezember 1892 in Berlin, gest. 3. Februar 1990 in Jerusalem.
Eigentlicher Name: Eleonore Landau-Wegner. Tochter eines jüdischen
Arztes. Lebte bis 1933 als freie Schriftstellerin und Journalistin in Berlin,
am Stechlinsee und in Breslau. Nach ihrer ersten Ehe mit dem Privatdo-
zenten Siegfried Marck heiratete sie 1921 den Schriftsteller Armin T.
Wegner; zwei Söhne aus der Ehe mit Marck, eine Tochter aus der Ehe mit
Wegner. Nach zwei Lyrikbänden 1916 und 1919 veröffentlichte sie An-
fang der zwanziger Jahre Gedichte in den expressionistischen Zeitschrif-
ten *Die Flöte* und *Der Feuerreiter.* 1936 Emigration nach Palästina; 1938
Trennung von Wegner. Lebte in Palästina als Sprachlehrerin und freie
Schriftstellerin.

Bibliographie: *Schimmernde Gelände.* Gedichte. München 1916; *Das
Lied der Mutter.* Gedichte. Berlin-Charlottenburg 1919; *Abgrund. Zwei
Erzählungen von Liebe und Tod.* Berlin-Charlottenburg 1926; *Wasif und*

Akif oder Die Frau mit den zwei Ehemännern. Ein türkisches Puppenspiel in 8 Bildern. Berlin 1926 (zus. m. Armin T. Wegner); *Scherben bringen Glück*. Kinderstück. Berlin 1929; *Das häßliche Mädchen*. Jugendgeschichte. Gütersloh 1958; *Das Mädchen, das immer „Nein“ sagte*. Jugendgeschichte. Gütersloh 1959; *Noch liebt mich die Erde*. Gedichte. Bodman 1969; *Hörst du mich, kleine Schwester?* Sieben Erzählungen. Bodman 1971; *Variationen der Liebe*. Sieben Erzählungen. Bodman 1973; *Die zärtliche Buche. Erlebtes und Erträumtes*. Gedichte und Prosa. Bodman 1980; *Vor dem Vergessen. Meine drei Leben*. Autobiographie. Frankfurt/M., Berlin 1987; *Leben in Israel*. Hg.v. Margarita Pazi. Jerusalem 1987; *Positano oder Der Weg ins dritte Leben*. Hg. v. Thomas Hartwig. Berlin 1995; *„Welt vorbei“. Abschied von den sieben Wäldern. Die KZ-Briefe 1933/34* (m. Armin T. Wegner). Hg. v. Thomas Hartwig. Berlin 1999.

In: *Berliner Tageblatt*, 30.3.1919, Morgen-Ausgabe (D).

ELSE LASKER-SCHÜLER

Geb. 11. Februar 1869 in Elberfeld, gest. 22. Januar 1945 in Jerusalem. Tochter eines jüdischen Bankiers. Empfing nach dem Schulabbruch 1880 Privatunterricht. 1894 heiratete sie den Arzt Berthold Lasker, mit dem sie in Berlin lebte; 1899 Geburt eines Sohnes; im selben Jahr erschienen ihre ersten Gedichte in der Zeitschrift *Die Gesellschaft*. Schloss sich der Berliner Boheme an, den Künstlern der ‚Neuen Gemeinschaft‘ und den Kreisen des ‚Café des Westens‘; Freundschaft mit dem Bohemedichter Peter Hille. Nach ihrer Scheidung von Lasker 1903 heiratete sie im selben Jahr den Musiker und Kunstschriftsteller Georg Levin (Herwarth Walden), den späteren Herausgeber der expressionistischen Zeitschrift *Der Sturm*. 1912 Scheidung. Freundschaften u.a. mit Karl Kraus, Gottfried Benn, Franz Werfel, Franz Marc, Georg Trakl; zahlreiche Vortragsreisen. 1932 Kleist-Preis; 1933 Emigration in die Schweiz, 1939 Übersiedlung nach Jerusalem, wo sie einsam und verarmt bis zu ihrem Tod lebte.

Bibliographie: *Styx*. Gedichte. Berlin 1902; *Der Siebente Tag*. Gedichte. Berlin-Charlottenburg 1905; *Das Peter Hille-Buch*. Stuttgart, Berlin 1906; *Die Nächte Tino von Bagdads*. Gedichte und Novellen. Berlin, Stuttgart, Leipzig 1907; *Die Wupper*. Schauspiel in 5 Aufzügen. Berlin

1909; *Meine Wunder*. Gedichte. Karlsruhe, Leipzig 1911; *Mein Herz. Ein Liebesroman mit Bildern und wirklich lebenden Menschen*. München, Berlin 1912; *Hebräische Balladen*. Berlin-Wilmersdorf 1913; *Gesichte. Essays und andere Geschichten*. Lyrik und Prosa. Leipzig 1913; *Der Prinz von Theben. Ein Geschichtenbuch*. Leipzig 1914; *Die gesammelten Gedichte*. Leipzig 1917 – 2. verbess. u. leicht veränd. Aufl. Leipzig 1920; *Die gesammelten Werke*. 10 Bde. Berlin 1919-1920 (darin: *Der Malik. Eine Kaisergeschichte*. Berlin 1919); *Briefe Peter Hilles an Else Lasker-Schüler*. Berlin 1921; *Der Wunderrabbiner von Barcelona*. Erzählung. Berlin 1921; *Theben*. Gedichte und Lithographien. Frankfurt/M., Berlin 1923; *Ich räume auf! Meine Anklage gegen meine Verleger*. Zürich 1925; *Arthur Aronymus. Die Geschichte meines Vaters*. Berlin 1932; *Arthur Aronymus und seine Väter (aus meines geliebten Vaters Kinderjahren)*. Schauspiel. Berlin 1932; *Konzert*. Essays und Gedichte. Berlin 1932; *Das Hebräerland*. Prosa. Zürich 1937; *Mein blaues Klavier. Neue Gedichte*. Jerusalem 1943; *Dichtungen und Dokumente*. Hg. v. Ernst Ginsberg. München 1951; *Gesammelte Werke*. 3 Bde. Hg. v. Friedhelm Kemp. München 1959-1962; *Briefe an Karl Kraus*. Hg. v. Astrid Gehlhoff-Claes. Köln, Berlin 1959; *Sämtliche Gedichte*. Hg. v. Friedhelm Kemp. München 1966; *Briefe*. 2 Bde. (Bd.1: *Lieber gestreifter Tiger*, Bd.2: *Wo ist unser buntes Theben*). Hg. v. Margarete Kupper. München 1969; *Ichundich. Eine theatralische Tragödie*. Hg. v. Margarete Kupper. München 1980; *„Was soll ich hier?" Exilbriefe an Salman Schocken*. Hg. v. Sigrid Bauschinger u. Helmut G. Hermann. Heidelberg 1986; *Gesammelte Werke in acht Bänden*. München 1986; *Ich suche allerlanden eine Stadt*. Gedichte, Prosa, Briefe. Hg. v. Silvia Schlenstedt. Leipzig 1988; *Else Lasker-Schüler/Franz Marc. Der Blaue Reiter präsentiert Eurer Hoheit sein blaues Pferd*. Karten und Briefe. Hg. v. Peter-Klaus Schuster. München 1988; *Werke. Lyrik, Prosa, Dramatisches*. Hg. v. Sigrid Bauschinger. München 1991; *Sämtliche Gedichte*. Hg. v. Jürgen Skrodzki. Frankfurt/M. 2004; *Werke und Briefe. Kritische Ausgabe*. 11 Bde. Hg. v. Andreas B. Kilcher (ab Bd. 9), Norbert Oellers, Heinz Rölleke u. Itta Shedletzky. Frankfurt/M. (Bd. 1-10), Berlin (Bd. 11) 1996-2010.

In: *Gesichte. Essays und andere Geschichten*. Leipzig 1913, S. 27-29; auch in: *Gesammelte Werke*, Bd. 2. München 1962, S. 160-162 (D).

MARIA LAZAR

Geb. 22. November 1895 in Wien, gest. 30. März 1948 in Stockholm. Tochter eines österreichischen Eisenbahndirektors; Schwester der Schriftstellerin Auguste Lazar. Besuchte in Wien die fortschrittliche Eugenie-Schwarzwald-Schule. Studium der Philosophie und Geschichte, das sie aufgab, um Schriftstellerin zu werden. Journalistische Tätigkeit. Heiratete 1923 den Schweden Friedrich Strindberg (dessen Mutter war die zweite Frau August Strindbergs, Frida Uhl; Friedrich stammte jedoch aus einer Verbindung mit Frank Wedekind); 1924 Geburt einer Tochter. 1927 Scheidung von Strindberg. Veröffentlichte unter dem Pseudonym ‚Esther Grenen‘ die Fortsetzungsromane *Der Fall Rist* (1930) und *Veritas verhext die Stadt* (1931). Nach der Machtübernahme der Nationalsozialisten emigrierte sie mit Hilfe der Freundin Karin Michaelis nach Dänemark; Freundschaft mit Helene Weigel und Bertolt Brecht. Schrieb in Dänemark Romane, Dramen und Essays. Floh 1939 nach Schweden. An einer unheilbaren Knochenkrankheit leidend, nahm sie sich im schwedischen Exil das Leben.

Bibliographie: *Die Vergiftung*. Roman. Leipzig, Wien 1920; *Der Henker. Ein Akt*. München 1921; *Der Nebel von Dybern*. Drama. Berlin 1932 (Bühnenmanuskript; u.d.Ps. Esther Grenen); *No right to live*. Roman. London 1934 (u.d.Ps. Esther Grenen); *Die Eingeborenen von Maria Blut. Ein österreichischer Roman*. Berlin (Ost) 1958 (u.d. PS. Esther Grenen).

Daneben Werke in dänischer und schwedischer Sprache sowie Übersetzungen.

SOPHIE VAN LEER

Geb. 3. Februar 1892 in Amsterdam, gest. 3. Juni 1953 in Amsterdam. Wuchs als siebtes Kind eines jüdischen Kaufmanns in Nijmegen auf. Nach dem geschäftlichen Bankrott des Vaters Umzug mit ihrer Familie nach Kleve, später, 1905-1911, nach Luzern. Ging 1915 nach Berlin, wo sie sich dem *Sturm*-Kreis anschloss; Sekretärin von Herwarth Walden. Zwischen 1915 und 1917 zahlreiche Lyrik- und Prosaveröffentlichungen im *Sturm*. Freundschaften mit dem Dichter Wilhelm Runge und dem Maler Georg Muche, mit dem sie sich verlobte. Trennung vom *Sturm*-

Kreis 1918. Geriet 1919 in die Wirren der Münchener Räterepublik, zeitweilige Inhaftierung; entkam nur knapp der Hinrichtung. Konvertierte danach zum Katholizismus, nannte sich nun Francisca van Leer. 1924/25 Aufenthalt im sozialistischen Kibbuz Beth Alfa; gründete mit Anton von Asseldonk und Laetus Himmelreich die philosemitische Bewegung „Amici Israel". Heiratete 1930 den deutschen Fabrikarbeiter Hans Vornehm; 1932 Geburt einer Tochter. 1935 Flucht aus dem nationalsozialistischen Deutschland nach Holland, wo sie bis zu ihrem Tod lebte.

Bibliographie: *Renate*. Roman (u.d.N. Francisca van Leer). Brüssel, Antwerpen, Leuven 1938; *Mijn volk roept* (u.d.N. Francisca van Leer). Bilthoven, Antwerpen 1955; A. H. Huussen Jr.: *Sophie van Leer. Een expressionistische dichteres. Leven en werk 1892-1953*. Haren-Gn 1997 (mit Sammlung der Dichtungen Sophie van Leers).

Die Flut...123
In: *Der Sturm*, Jg. 7, Nr. l, April 1916, S. 8 (D).

MECHTILDE LICHNOWSKY

Geb. 8. März 1879 auf Schloss Schönburg/Niederbayern, gest. 4. Juni 1958 in London. Urenkelin der Kaiserin Maria Theresia (geb. Gräfin von und zu Arco-Zinneberg). 1892-1896 Besuch einer Klosterschule in Riedenburg (Vorarlberg). Zunächst verlobt mit Ralph Harding Peto, dem britischen Militärattaché in München, heiratete sie aus Familienrücksichten 1904 den Diplomaten Fürst Karl Max Lichnowsky; eine Tochter, zwei Söhne. Lebte zwischen 1904 und 1912 auf den schlesischen Gütern ihres Mannes und in Berlin. 1911 Ägyptenreise. Wohnte 1912-1914 in London, wohin ihr Mann als deutscher Botschafter berufen worden war. Veröffentlichte zwischen 1913 und 1919 Lyrik und Prosa in den Zeitschriften *Die Weißen Blätter*, *Zeit-Echo*, *Marsyas* und *Das junge Deutschland*. 1915 Bekanntschaft mit Karl Kraus. Lebte nach dem Ersten Weltkrieg in Berlin, der Tschechoslowakei, Südfrankreich und München. Nach dem Tod ihres Mannes 1928 heiratete sie 1937 ihren früheren Verlobten Peto. Während des Zweiten Weltkriegs wurde sie daran gehindert, Deutschland zu verlassen. Als entschiedene Gegnerin des NS-Regimes weigerte sie sich der Reichsschrifttumkammer beizutreten und veröffentlichte zehn Jahre lang nicht. Lebte ab 1946 zurückgezogen in London. 1953 Preis für

Dichtung der Gesellschaft zur Förderung des deutschen Schrifttums, 1954 Kunstpreis für Literatur der Stadt München.

Bibliographie: *Nordische Zauberringe.* Märchen. Passau 1901 (u.d.N. Gräfin M[echtilde] A[rco]-Z[inneberg]); *Götter, Könige und Tiere in Ägypten.* Reisebuch. Leipzig 1913; *Ein Spiel vom Tod. Neun Bilder für Marionetten.* Leipzig 1915; *Der Stimmer.* Roman. Leipzig 1917 – Neuausgabe u.d.T. *Das rosa Haus.* Hamburg 1936; *Gott betet.* Prosagedichte. Leipzig 1917; *Der Kinderfreund.* Schauspiel in fünf Akten. Berlin 1919; *Geburt.* Roman. Berlin 1921; *Der Kampf mit dem Fachmann.* Skizzen. Wien, Leipzig 1924; *Halb & Halb.* Zeichnungen und Verse. Wien, Leipzig 1926; *Das Rendezvous im Zoo.* Erzählung. Wien, Leipzig 1928; *An der Leine.* Roman. Berlin 1930; *Kindheit.* Autobiogr. Roman. Berlin 1934; *Delaïde.* Roman. Berlin 1935; *Der Lauf der Asdur.* Roman. Wien 1936; *Gespräche in Sybaris. Tragödie einer Stadt in 21 Dialogen.* Wien 1946; *Worte über Wörter.* Wien 1949; *Zum Schauen bestellt.* Skizzen und Dialoge. Esslingen 1953; *Heute und vorgestern.* Gedichte, Szenen, Prosa. Wien 1958.

Der Gast und das Zimmer 143
In: *Das junge Deutschland*, Jg. 1 (1918), Nr. 7, S. 217f. (D); veränderte Fassung in: *Zum Schauen bestellt.* Esslingen 1953, S. 125-130.

PAULA LUDWIG

Geb. 5. Januar 1900 in Altenstadt bei Feldkirch/Vorarlberg, gest. 27. Januar 1974 in Darmstadt. Tochter eines aus Schlesien stammenden Wandertischlers und einer oberösterreichischen Mutter. Verbrachte nach der Trennung der Eltern 1907 eine ärmliche Kindheit bei ihrer Mutter in Linz. Nach deren Tod 1914 zog sie zu ihrem Vater nach Breslau, wo sie als Dienstmädchen in einer Malschule tätig war. 1917 Geburt eines Sohnes. 1918 ging sie nach München, arbeitete dort als Malermodell, Schauspielerin und Dichterin. Veröffentlichte um 1920 Gedichte in den Zeitschriften *Die Sichel, Neue Blätter für Kunst und Dichtung* und *Romantik.* Bekanntschaft mit Stefan George, Else Lasker-Schüler und Waldemar Bonsels. Lebte von 1923 bis 1933 in Berlin. Enge Freundschaft mit Ivan Goll. Emigrierte 1934 nach Österreich, 1938 nach Frankreich, 1941 nach Brasilien, wo sie als Malerin arbeitete. Kehrte 1953 nach Österreich zurück, lebte ab 1956 mit ihrem Sohn in Wetzlar, ab 1970 in Darmstadt. 1962

Georg-Trakl-Preis, 1972 Preis des österreichischen Schriftstellerverbandes.

Bibliographie: *Die selige Spur*. Gedichte. München 1920; *Der himmlische Spiegel*. Gedichte. Berlin 1927; *Dem dunklen Gott. Ein Jahresgedicht der Liebe*. Dresden 1932; *Traumlandschaft*. Prosastücke. Berlin 1935; *Buch des Lebens*. Autobiogr. Prosa. Leipzig 1936; *Gedichte*. Hamburg 1937; *Gedichte. Eine Auswahl aus der Zeit von 1920 bis 1958*. Ebenhausen b. München 1958; *Träume. Aufzeichnungen aus den Jahren zwischen 1920 und 1960*. Ebenhausen b. München 1962; *Gedichte. Gesamtausgabe*. Hg. v. Kristian Wachinger u. Christiane Peter. Ebenhausen b. München 1986; mit Iwan Goll: *Ich sterbe mein Leben. Briefe 1931-1940. Literarische Dokumente zwischen Kunst und Krieg*. Hg. u. komment. v. Barbara Glauert-Hesse. Frankfurt/M., Berlin 1993.

In: *Traumlandschaft*. Prosastücke. Berlin 1935, S. 35-38 (D); auch in: *Träume*. Ebenhausen b. München 1962, S. 19-22.

FRIEDEL LOUISE MARX

Lebensdaten nicht bekannt. Veröffentlichte 1919/20 Gedichte in den Zeitschriften *Die Junge Kunst* und *Das junge Deutschland*.

In: *Das junge Deutschland*, Jg. 2 (1919), Nr. 12, S. 341f. (D).

GRETE MEISEL-HESS

Geb. 18. April 1879 in Prag, gest. 18. April 1922 in Berlin. Tochter eines Fabrikbesitzers. Nach dem Besuch der gehobenen Erziehungsanstalt in Prachatitz/Böhmerwald zog sie mit ihren Eltern nach Wien. Besuchte dort drei Jahre die erste weibliche Mittelschule, studierte dann – ebenfalls in Wien – Philosophie, Soziologie und Biologie. Ging 1908 nach Berlin. Heiratete 1909 den Architekten Oskar Gellert. Veröffentlichte Romane, Novellen und kritische Abhandlungen zur Frauenfrage und zur Sexualmoral. 1911-1913 mehrere Beiträge in der *Aktion*.

Bibliographie: *Generationen und ihre Bilder*. Essay. Berlin 1901; *In der modernen Weltanschauung*. Leipzig, Berlin 1901; *Fanny Roth. Eine*

Jung-Frauengeschichte. Leipzig 1902; *Annie-Bianka. Eine Reisegeschichte.* Leipzig 1903; *Suchende Seelen.* Novellen. Leipzig 1903; *Weiberhaß und Weiberverachtung. Eine Erwiderung auf die in Dr. Otto Weiningers Buche „Geschlecht und Charakter" geäußerten Anschauungen über „Die Frau und ihre Frage".* Wien 1904; *Eine sonderbare Hochzeitsreise.* Novellen. Wien 1905; *Die Stimme. Roman in Blättern.* Berlin 1907; *Die sexuelle Krise. Eine sozialpsychologische Untersuchung.* Jena 1909; *Die Intellektuellen.* Roman. Berlin 1911; *Geister.* Novellen. Leipzig 1912; *Betrachtungen zur Frauenfrage.* Berlin 1914; *Das Wesen der Geschlechtlichkeit. Die sexuelle Krise in ihren Beziehungen zur sozialen Frage und zum Krieg, zu Moral, Rasse und Religion und insbesondere zur Monogamie.* 2 Bde. Jena 1916; *Krieg und Ehe.* Berlin 1916; *Die Bedeutung der Monogamie.* Jena 1917; *Die Ehe als Erlebnis.* Halle 1919; *Fanny Roth. Eine Jung-Frauengeschichte (1902) und ausgewählte Essays.* Hg. v. Henriette Herwig u. Annette Kliewer. Stockheim 2010.

HEDWIG RYDER

Lebensdaten nicht bekannt. Veröffentlichte zwischen 1918 und 1920 Prosa und Lyrik in der Zeitschrift *Das junge Deutschland*.

FRANZISKA STOECKLIN

Geb. 11. September 1894 in Basel, gest. 1. September 1931 in Basel. Tochter eines Kaufmanns, Schwester des Malers Niklaus Stoecklin. Ging 1914 als Kunstschülerin nach Deutschland. Heiratete 1920 den Basler Buchhändler Harry Betz. Lebte als Malerin und Dichterin in München, Frankfurt/M. und Berlin. Nach der Trennung von ihrem Mann zog sie, schwer herzleidend, ins Tessin; verkehrte dort im Kreis um Hugo Ball und Emmy Hennings. Wurde von Rainer Maria Rilke literarisch gefördert.

Bibliographie: *Gedichte.* Bern 1920; *Liebende.* Zwei Novellen. Bern 1921; *Traumwirklichkeit.* Prosadichtungen. Zürich 1923; *Die singende*

Muschel. Gedichte. Zürich, Leipzig, Berlin 1925; *Lyrik und Prosa.* Hg. v. Beatrice Mall-Grob. Bern, Stuttgart, Wien 1994.

In: *Traumwirklichkeit.* Prosadichtungen. Zürich 1923, S. 27-29 (D); auch in: *Lyrik und Prosa.* Bern, Stuttgart, Wien 1994, S. 93f.

NADJA STRASSER

Geb. 25. September 1871 in Starodub/Russland, gest. 19. August 1955 in Berlin. Ältere Schwester von Alexandra Ramm (der Frau Franz Pfemferts) und Maria Ramm (der Frau Carl Einsteins). Kam früh nach Deutschland. Arbeitete als Journalistin für russische und deutsche Zeitungen; Übersetzungen aus dem Russischen. Emigrierte in den dreißiger Jahren nach Frankreich, wo sie sich während des Zweiten Weltkriegs verborgen hielt. Reiste später nach England; kehrte 1952 nach Deutschland zurück.

Bibliographie: *Die Russin. Charakterbilder.* Berlin 1917; *Das Ergebnis. Lyrische Essays.* Berlin 1919.

Auszug aus: *Das Ergebnis. Lyrische Essays.* Berlin 1919, S. 45-51 (D).

GRETE TICHAUER

Geb. 15. Juli 1891 in Berlin, gest. 15. April 1938 in Akershus/Norwegen. Tochter des Justizrats Felix Tichauer. Veröffentlichte 1911-1913 Lyrik und Prosa im *Sturm.* Heiratete 1914 den norwegischen Schriftsteller Tryggve Andersen (1866-1920); zwei Kinder. Lebte nach ihrer Heirat bis zu ihrem Tod in Norwegen.

In: *Der Sturm*, Jg. 2, Nr. 87, November 1911, S. 694-697 (D).

MARIA LUISE WEISSMANN

Geb. 20. August 1899 in Schweinfurt, gest. 7. November 1929 in München. Tochter eines Gymnasiallehrers. Während des Ersten Weltkriegs, 1916, übersiedelte sie mit ihren Eltern von Hof nach Nürnberg, wo sie Kontakte knüpfte zu Kreisen junger, expressionistischer Kunst und Literatur; Sekretärin des Nürnberger ‚Literarischen Bundes‘; Mitarbeiterin des Verlags Oskar Schloss in München. Veröffentlichte 1919-1921 Gedichte in den Zeitschriften *Der Weg*, *Die Sichel*, *Der Anbruch*, *Die Flöte* und *Das Landhaus*. Heiratete im Juni 1922 den Verleger Heinrich F.S. Bachmair, mit dem sie in Pasing b. München, Dresden und München lebte. Starb an den Folgen einer schweren Angina.

Bibliographie: *Das frühe Fest*. Gedichte. Pasing b. München 1922; *Robinson. Eine Dichtung*. Pasing b. München 1924; *Mit einer kleinen Sammlung von Kakteen*. Sechs Sonette. Hamburg, München 1926; *Paul Verlaine: Les Amies. Sonnets* / *Paul Verlaine: Freundinnen*. Midillü (München) 1927; *Pierre Louys: Mytilenische Elegien*. Nachdichtungen. München 1931; *Gesammelte Dichtungen*. Pasing 1932; *Imago*. Ausgewählte Gedichte. Starnberg 1946; *Gartennovelle*. Söcking 1949; *„Ich wünsche zu sein, was mich entflammt“*. Gesammelte Werke. Hg. v. Hartmut Vollmer. Berlin 2004.

In: *Gesammelte Dichtungen*. Pasing 1932, S. 111-114 (D); auch in: *„Ich wünsche zu sein, was mich entflammt“*. Gesammelte Werke. Berlin 2004, S. 77-79.

ELSE WENZIG

Lebensdaten nicht bekannt.

Bibliographie: *Durchlebtes, nicht Erlebtes*. Novellen. Breslau 1907; *Mensch im Dunkel*. Erzählung. Mit vier Originallithographien v. Paul Thesing. Darmstadt 1921.

Vollständiger Abdruck der Erzählung. Darmstadt 1921; IV, 11 S.

HERMYNIA ZUR MÜHLEN

Geb. 12. Dezember 1883 in Wien, gest. 20. März 1951 in Radletts, Hertfordshire/England. Entstammte dem österreichischen Hochadel (geb. Gräfin Hermine Isabelle Maria Folliot de Crenneville-Poutet). Ihr Vater war österreichisch-ungarischer Gesandter. Besuchte 1898 ein Pensionat für höhere Töchter in Dresden; machte 1901 ihr Examen als Volksschullehrerin, durfte diesen Beruf jedoch nicht ausüben, da er als nicht standesgemäß galt. Wandte sich schon früh sozialpolitischen Fragen zu. Heiratete 1907 den baltischen Gutsbesitzer Viktor von zur Mühlen, mit dem sie bis zur Trennung 1912 in Livland lebte. Verbrachte seit 1914 wegen einer Lungenerkrankung einige Jahre in Davos; trat 1919 in Frankfurt/M. der KPD bei. Veröffentlichte literarische Arbeiten im *Revolutionär*, in der *Roten Fahne* und in *Der junge Genosse*. Wurde 1924 wegen ihrer Erzählung *Schupomann Karl Müller* des Hochverrats angeklagt. Floh vor den Nationalsozialisten mit ihrem Lebensgefährten und späteren Ehemann, dem jüdischen Publizisten Stefan Klein, 1933 nach Wien, 1938 in die Tschechoslowakei, emigrierte dann nach England.

Bibliographie: *Was Peterchens Freunde erzählen*. Märchen. Berlin 1921; *Der blaue Strahl. Aus dem englischen Manuskript übertragen von Hermynia Zur Mühlen*. Roman. Stuttgart 1922 (u.d.Ps. L.H. Desberry); *Der kleine graue Hund*. Ein Märchen. Berlin 1922; *Licht*. Roman. Konstanz 1922; *Märchen*. Berlin 1922; *Der Rosenstock*. Ein Märchen. Berlin 1922; *Der Spatz*. Ein Märchen. Berlin 1922; *Der Tempel*. Roman. Berlin, Leipzig 1922; *Warum?* Ein Märchen. Berlin 1922; *Ali, der Teppichweber*. Fünf Märchen. Berlin 1923; *Der Deutschvölkische*. Erzählung. Berlin 1924; *Der rote Heiland*. Novellen. Leipzig 1924; *Schupomann Karl Müller*. Erzählung. Berlin 1924; *An den Ufern des Hudson. Aus dem amerikanischen Manuskript übertragen von Hermynia Zur Mühlen*. Roman. Jena 1925 (u.d.Ps. Lawrence H. Desberry); *Ejus. Aus dem amerikanischen Manuskript übertragen von Hermynia Zur Mühlen*. Roman. Jena 1925 (u.d.Ps. Lawrence H. Desberry); *Kleine Leute*. Erzählung. Berlin 1925; *Das Schloß der Wahrheit. Ein Märchenbuch*. Berlin-Schöneberg 1925; *Abenteuer in Florenz*. Roman. Wien, Berlin 1926 (u.d.Ps. Lawrence H. Desberry); *Lina. Erzählung aus dem Leben eines Dienstmädchens*. Berlin 1926; *Die weiße Pest. Ein Roman aus Deutschlands Gegenwart*. Berlin 1926 (u.d.Ps. Traugott Lehmann); *Der Muezzin*. Ein Märchen. Berlin 1927; *Said, der Träumer*. Ein Märchen. Berlin 1927; *Die Söhne der Alscha*. Ein Märchen. Berlin 1927; *Ende und Anfang. Ein Lebensbuch*.

Berlin 1929; *Im Schatten des elektrischen Stuhls*. Roman. Baden-Baden 1929 (u.d.Ps. Lawrence H. Desberry); *Es war einmal... und es wird sein.* Märchen. Berlin 1930; *Das Riesenrad*. Roman. Stuttgart 1932; *Nora hat eine famose Idee*. Roman. Bern, Leipzig 1933; *Reise durch ein Leben.* Roman. Bern, Leipzig 1933; *Schmiede der Zukunft*. Märchen. Berlin 1933; *Ein Jahr im Schatten*. Roman. Zürich 1935; *Unsere Töchter, die Nazinen*. Roman. Wien 1935; *Fahrt ins Licht. 66 Stationen*. Wien, Leipzig 1936; *We poor shadows*. Roman. London 1943 – dt.: *Ewiges Schattenspiel*. Hg. v. Jörg Thunecke. Wien 1996; *Kleine Geschichten von großen Dichtern*. London 1944 (Wien 1945); *Little allies*. Märchen. London 1945; *Came the stranger*. Roman. London 1946 – dt.: *Als der Fremde kam*. Wien 1947; *Eine Flasche Parfum. Ein kleiner humoristischer Roman*. Wien 1947; *Guests in the house*. Roman. London 1947; *Nebenglück. Ausgewählte Erzählungen und Feuilletons aus dem Exil*. Hg. v. Deborah J. Vietor-Engländer, Eckart Früh u. Ursula Seeber. Bern u.a. 2002; *Vierzehn Nothelfer und andere Romane aus dem Exil*. Hg. v. Deborah J. Vietor-Engländer, Eckart Früh u. Ursula Seeber. Bern u.a. 2002.

Daneben zahlreiche Übersetzungen von Werken russischer, französischer, englischer und amerikanischer Autoren (darunter mehrere Werke Upton Sinclairs).

In: *Der rote Heiland*. Novellen. Leipzig 1924, S. 95f. (D).

Wir danken allen Verlagen und Nachlassverwaltern für die freundliche Genehmigung zum Abdruck der Texte. Trotz intensiver Nachforschungen ist es nicht gelungen, alle heutigen Rechteinhaber zu ermitteln. Wir bitten diese, sich mit dem Igel Verlag, Hamburg, in Verbindung zu setzen.

Milton Keynes UK
Ingram Content Group UK Ltd.
UKHW052314100823
426691UK00008B/79